Elisa Sabatinelli

Summer

Sulla mia pelle

Rizzoli

ISBN 978-88-17-08980-7

Prima edizione: giugno 2016

Realizzazione editoriale: studio pym / Milano

Summer

Ad Andrea, per avermi sorpresa.

I
La lettera

C'è stato un tempo in cui aspettavo che guarissi. Poi, ho aspettato che morissi. In tutto questo tempo ho sperato che fosse già domani, che fosse già tutto passato.

Morte, funerale, strette di mano, lacrime. Volevo non doverlo fare. Soffrire.

E adesso che sono già nel tempo che desideravo, adesso che domani è arrivato, suona il campanello di casa. Il postino mi consegna una raccomandata, devo firmare. Non ho la penna. Frugo nella borsa, fazzoletti, scontrini, mollettine, biglietti del cinema, un foglio con la lista della spesa, un guanto, delle cuffie, ecco due penne. Me ne basta una. Firmo e chiudo la porta.

Rimango con la busta in mano, il mittente è una clinica. Mi immagino questa clinica massiccia tutta bianca con due braccia enormi che mi scrive una lettera.

Piego la busta e me la metto nella tasca posteriore dei jeans, prendo le chiavi dell'appartamento di mia madre ed esco. Fuori fa caldo.

Sei mesi fa era gennaio e mia madre se ne è andata nella settimana più fredda dell'anno; "la settimana dei barbuti" la chiamano, perché ogni giorno è di un santo con la barba.

Lei era freddolosa come me. Adesso sarebbe a piantare fiori sul balconcino di casa, le piaceva mischiare i colori delle piante, era una donna colorata.

Le chiavi mi premono contro la coscia e, anche se sono leggere, pesano come se avessi raccolto dei grandi sassi sull'argine di un fiume. E non li sento sulla coscia, ma dentro di me. Non vado a casa sua dal giorno del funerale, non ci sono riuscita.

Attraverso la città a piedi. Barcellona ti distrae, è disseminata di persone ovunque, ogni angolo ha almeno due bar, i negozi si infilano uno dietro l'altro, i marciapiedi sono larghi e tutti sono in strada, non ti senti mai solo, è sempre un giorno di festa.

A noi piaceva, la domenica mattina, sederci in una terrazza della Barceloneta, proprio sul mare, a osservare i maratoneti del weekend o i ragazzi in skate, le coppie con il cagnolino, i surfisti, i temerari del bagno anche a dicembre.

Ci mettevamo una a fianco all'altra per goderci quel panorama, ordinavamo delle olive, una birra con Fanta per lei e un Bloody Mary per me. Ora sono sei mesi che non è più domenica e mi sento in colpa perché evito di pensarci. Ma è l'unico modo per stare bene.

La busta che ho in tasca è un'altra cosa che vorrei evitare. So che se la apro sarò condizionata da quello che c'è scritto, mi laverò i denti e andrò a letto e farò tutto il resto in funzione di quel risultato. Quello che decido di aprire, per ora, è la porta di casa di mia madre. Entro furtiva, non sfioro le pareti, evito di calpestare i tappeti, di guardare i mobili, non tocco niente. Voglio sotterrare qualsiasi ricordo per non soffocare. Avanzo come se avessi i paraocchi. In cucina non c'è il rumore dei piatti, in bagno non c'è la radio accesa. Appoggio le chiavi e la busta sul tavolo. Tutto tace, ascolto il silenzio, mi manca mia madre.

Gli ultimi giorni, quando era in ospedale, mi ha dato le chiavi di casa sua dicendo che era mia. Io ho risposto che se non c'era lei non la volevo e che avrei buttato le chiavi nel primo tombino fuori per strada. Lei allora, comprensiva come sempre, mi ha detto: «Va bene, non andarci, però custodisci la mia casa. Quando non ci sarò più, le cose ti parleranno di me».

Io come al solito ho disobbedito. Non ci sono mai andata, a prendermi cura delle sue cose.

Ho fatto finta fino a questa mattina che il dolore si potesse trattenere con le briglie, che si potesse mettere a tacere come un cane che abbaia. La busta però mi ha dato due schiaffi, probabilmente quelli che mi avrebbe dato mia madre. E adesso mi manca così tanto, pure gli schiaffi, che sono qui, persa nel suo appartamento, a cercare risposte, a cercare lei. Le tapparelle della camera sono abbassate ma il sole entra dai piccoli occhietti traforati e disegna sul pavimento tanti sassolini uno vicino all'altro. Sembrano indicarmi un cammino senza direzione. E io mi sento così: senza direzione, una bussola rotta.

Di colpo la porta dell'appartamento vicino viene sbattuta così forte che mi fa trasalire. Alzo lo sguardo e noto nella libreria un volume che non avevo mai visto. È molto vecchio, strausato. Lo prendo in mano e mi accorgo che non è né un quaderno né un album né un diario, è tutto quanto insieme, è zeppo di fotografie, biglietti, frasi, appunti, fiori secchi e cartoline. Si intitola *Italia* e a me sembra un collage della memoria, dei viaggi che mia madre ha fatto al di là del mare, nel corso degli anni. Non l'avevo mai visto e ora che ce l'ho tra le mani sento che mi parla. È un tesoro, perché qui dentro c'è lei, c'è la risposta che cercavo. Lo stringo forte al petto, me lo voglio portare via, voglio farmi portare via. Prendo la busta e la guardo. Adesso sono sicura di non volerla aprire. Ho fatto questo test perché se ho lo stesso maledetto gene di mia madre devo saperlo, se avrò il suo stesso destino devo affrontarlo, almeno così dicono i dottori. Va bene, ma non ora. Ora voglio vivere il presente, attraversare il mare, godere del sole. Fuori c'è l'estate che mi chiama: via da questa casa, da questa città, dall'assenza di mia madre e dalla probabilità che anch'io possa assentarmi da questa vita per sempre. Prima di sapere, voglio dimenticare. La busta può aspettare, pure la morte, questa stagione no, è troppo bella per non essere afferrata e vissuta fino in fondo.

Sento che mi manca il respiro: il dolore che era chiuso dentro a questo appartamento sta per esplodere. Mi sta crollando tutto addosso, ci sono le crepe nei muri, sento la cristalleria che tintinna, cadono i cuscini dal divano, i vetri delle finestre tremano. Che cosa faccio, mamma? Apro il diario a caso, non la prima pagina, una in mezzo, perché voglio giocare alla lotteria, sfidare la sorte, sorprendermi.

Ed ecco davanti a me, sulla pagina che ho aperto, un'annotazione: "Il viaggio è un luogo dove tutto è possibile".

Sotto, appiccicata con due pezzetti di scotch, c'è una cartolina anni Ottanta di Ravello, Costiera Amalfitana. È la foto di un golfo visto da una terrazza. Voglio andare lì. Niente di predeterminato questa volta, nessun biglietto già fatto, nessuna busta già scritta, solo il caso che decide per me. Solo mia madre mi accompagnerà in questo viaggio. Dove si trova di preciso Ravello? Faccio per prendere il cellulare e cercare su Google ma mi accorgo che l'ho dimenticato.

Afferro la borsa ed esco di fretta, sbatto la porta di casa e corro giù dalle scale con l'album sotto il braccio, con la felicità di chi ha appena preso una decisione libera in modo sincero, senza filtri, senza nessun programma. Tre mesi, per fare i conti con me stessa. Tre mesi, fatti di libertà, senza paracadute. Tre mesi, cento giorni in cui mettere i miei desideri davanti a tutto il resto.

Poi, di colpo, mi blocco. Un dubbio. Mi fermo sul marciapiede, immobile, le persone mi sfiorano e proseguono per la loro strada senza rendersi conto che sono diventata parte dell'arredo urbano. Davanti a me la Sagrada Família, le guglie alte, il rumore del cantiere, quello del traffico, le voci dei venditori ambulanti a caccia di turisti. Un ragazzo pachistano mi chiede se voglio la maglia del Barça, ma quasi non lo sento. Mi tocco le tasche dei pantaloni. Sono vuote. Ho dimenticato la busta della clinica e le chiavi dentro l'appartamento e mi sono chiusa dietro la porta. Ho alcuni secondi di panico, poi ci penso bene e in fondo sento che l'ho fatto apposta.

La mia vita ora è solo in avanti. L'estate mi aspetta.

2

Plaça del Sol

Sono a casa e non ho voglia di fare la valigia. Vorrei che fosse già pronta, vorrei essere già in viaggio senza dovermi preoccupare degli aspetti pratici della questione. Di solito i giorni prima di partire mi appunto tutte le cose da portare via su diversi post-it o sul retro dei biglietti della metro e li semino in giro, dentro la borsa, sulla mensola del bagno, in una tasca. Il punto è che quando arriva il giorno della partenza non mi ricordo dove li ho messi e mi ritrovo davanti alla valigia, sconfortata; allora infilo dentro le prime cose che vedo. Giunta a destinazione spazzolino e pigiama sono i grandi assenti.

Questa volta l'album di mia madre è l'unica cosa che conta, se poi dimentico il pigiama poco importa. Scelgo qualche vestito, quelli che metto sempre e mi stanno meglio, e tutto il resto lo lascio a dormire nell'armadio.

Ora manca solo una cosa da fare: salutare i miei amici e Barcellona.

L'appuntamento è verso le nove a Gràcia, il quartiere a nord di Avinguda Diagonal, ma io esco di casa subito, voglio prima perdermi nel cuore della città! Il sole non è ancora calato e la luce arancione rende tutto più bello, più dolce. C'è un vento lieve, quasi impercettibile, che soffia caldo dalla strada, poi se ne alza uno più forte che fa svolazzare il mio vestito a fiori di cotone, così con una mano mi tengo la gonna facendola aderire al sedere. Lascio che una spallina scivoli giù. I capelli li ho raccolti in una coda alta e stretta che mi scopre tutto il viso, oggi non ho niente da nascondere a questa città. Prendo il rossetto rosa scuro dalla borsa a tracolla e aspettando il verde al semaforo mi fermo davanti a una vetrina per colorarmi le labbra. Mi accosto più che posso per vedermi bene, faccio una O con la bocca e mi passo il rossetto sulle labbra poi le stringo e le muovo appena per essere sicura di aver dato un colore uniforme. Attraverso la strada ed entro nel girone dei turisti: la fontana di Plaça Catalunya è accerchiata da persone sedute sul bordo in cerca di refrigerio. Hanno zaini e grandi buste piene di acquisti, qualcuno ha un cagnolino e lo accosta all'acqua per farlo bere. Indossano vestiti leggeri, pantaloni corti, scarpe aperte e canottiere, ma tutto è vano in questa sera d'estate: il caldo si posa come una coperta pesante sulla pelle nuda e impregna l'atmosfera di odori forti. Macchine, autobus e taxi circondano la piazza. Davanti alla Fnac, proprio all'uscita della metro, ci sono tante persone che aspettano altre persone, è uno dei punti di ritrovo più popolari. Osservo queste facce spaesate per alcuni secondi, poi visi che combaciano, che si trovano, che si amano, pacche sulle spalle, baci sulla guancia, sulla fronte, sulla bocca e quindi partono spediti verso direzioni sicure. Sembrano rivoli d'acqua che allagano i dintorni, i baretti che riempiono il Raval, le strade, le terrazze, e s'insinuano nei portoni.

La mia direzione invece è retta e lineare, discendo le Ramblas, la lingua che da Plaça Catalunya arriva al porto creando un distacco tra pieno, la città, e vuoto, il mare.

Da quassù vedo solo teste e cappelli. Mi faccio strada in mezzo a questo tappeto umano senza lasciarmi incantare troppo, cammino a passo sicuro e decido di virare a destra verso il mercato coperto della Boqueria. Un'insegna di ferro con uno stemma campeggia sulla facciata, in alto. Ho caldo e mi è venuta sete, entro prima che sia troppo tardi, il mercato chiuderà fra poco. Ci sono banconi pieni di frutta colorata, disposta per cromie, dal bianco del cocco al rosso violaceo delle fragole, le mele sembrano biglie ordinate, banane e ananas già tagliati abbagliano col loro giallo. Frutta esotica e frutta locale sono esposte, per creare un tripudio di odori e colori, che esalta i miei sensi. In prima fila, su un letto di ghiaccio, spremute gialle, viola, rosse, fucsia con la cannuccia già infilata. Scelgo quella alla papaya. Bevo velocemente e macchio la cannuccia di rossetto, il succo scende in gola e rinfresca il mio corpo accaldato. Il mercato è ancora gremito di persone, passo tra i banchi di verdura, ceppi di insalata duri si alternano a cavolfiori tondi e formosi e piccoli fagiolini morbidi disposti in orizzontale a creare righe nette e precise. Trecce di cipolle rosse e dorate scendono a grappolo dal soffitto. Mi appoggio a una colonna per sorseggiare il mio succo e da qui vedo un signore col cappello che compra delle spezie gialle e farinose, una donna elegante che paga un chilo di ceci e uno di olive, due ragazzine che fanno scorta di caramelle gommose al bancone dei dolciumi, in lontananza scorgo la salumeria con i prosciutti *pata negra* dal colore bruno, la tartare di carne alta e compatta, finemente tritata, decorata con rametti di prezzemolo. Il freddo del ferro si trasferisce dalla colonna alla mia schiena nuda dandomi sollievo, i soffitti altissimi creano uno spazio vuoto, dove campeggia l'ombra e il caldo di giugno non riesce ad arrivare. Folate di fresco mi arrivano dai frigoriferi e quando passo davanti alla pescheria che si estende per almeno cinque metri ho perfino un piccolo brivido. Sogliole, merluzzi, aragoste, granchi, ostriche e vongole, conchiglie lisce o dalle grosse striature, e in mezzo a questo mare il profumo aspro dei limoni. Il baretto sull'angolo in fondo propone grigliate di pesce e calici di vino bianco e io darei un braccio per sedermi al bancone e assaggiare un gambero un po' bruciacchiato, addentarne la polpa calda. Il profumo e le risate dei commensali mi inebriano, sono tentata di accomodarmi su uno sgabello ma è già tardi e non voglio farmi aspettare, non oggi. Scarto l'idea di arrivare fino al mare, ci impiegherei troppo, e mi dirigo verso l'uscita tra le chiacchiere degli acquirenti e le grida dei venditori. Fuori, ancora, la frenesia della città. Percepisco però una nuova energia, diversa da quella del pomeriggio, ora che le ombre rubano terreno al sole, le saracinesche dei negozi si abbassano e quelle dei baretti si alzano, c'è nell'aria qualcosa di frizzante, di piccante e acceso, estremamente vitale e accelerato, le persone camminano svelte per strada con un passo che quasi le solleva da terra, le cravatte degli uomini hanno il nodo sciolto e il primo bottone della camicia è aperto, le scollature delle donne si fanno più audaci. La città vuole contagiarmi con un'allegria che so di avere ma che ho messo a dormire da un po' di tempo, la sento ancora assopita ma leggermente scossa mentre risalgo verso l'alto e cammino sui marciapiedi ampi di Passeig de Gràcia. Gli edifici modernisti sembrano ridere con i balconi a forma di bocca e i tetti ondulati che serpeggiano in cielo.

Arrivo all'incrocio con Avinguda Diagonal, il punto in cui il quartiere Eixample – costituito da una griglia precisa di vie parallele e perpendicolari a formare quadrati uniformi – finisce, per dare inizio alla parte alta della città, fatta di vie piccole e irregolari. Gràcia è un'isola felice fatta di case basse e piazzette, dove i residenti sono una grande famiglia. La maggior parte del quartiere è pedonale e a qualsiasi ora del giorno brulica di persone. I bar sono sempre pieni e le piazze sono gremite di bambini e cani che scorrazzano allegri. Noi ci incontriamo qui dai tempi del liceo, la nostra panchina preferita si trova a Plaça del Sol, dove le case strette e lunghe si dispongono sulla pianta quadrata. Le facciate sono di diversi colori: verde, ocra, arancione o marrone e ogni finestra ha un balconcino pieno di fiori, alcuni sono riparati da tendoni verdi, altri hanno un piccolo tavolino e due sedie, altri ancora panni stesi ad asciugare o una bicicletta che aspetta di essere inforcata. Al piano terra spuntano baretti e ristoranti, tutti hanno i tavolini fuori e nella piazza c'è un rumore che è tanti rumori diversi: bicchieri che tintinnano, persone che ridono, portoni che sbattono, musica che esce dalle finestre, persiane che si alzano. Ma se tendi l'orecchio puoi sentire suoni più piccoli e segreti: una sigaretta schiacciata in un posacenere, i tasti di un cellulare, una parola sussurrata, una mano che sfiora un vestito, i tacchi sottili di una donna mentre sale le scale.

Mi sistemo sulla nostra panchina. Sono la prima, stasera sono tutti in ritardo. Su questo sedile di metallo freddo e scomodo ho passato interi pomeriggi e interminabili nottate a parlare con i miei amici. A loro ho raccontato avventure vere o immaginate, ho confidato i miei sogni, su di loro ho vomitato la mia rabbia e le mie opinioni, con loro ho riso e pianto per le mie storie d'amore, da loro ho ricevuto consigli che mi hanno fatto bene anche quando non li ho seguiti. Non passano cinque minuti che Manel mi assale alle spalle stringendomi in una morsa fortissima. Mi libero e gli scompiglio il ciuffo nero carbone. Tutta trafelata, con mille buste in mano, arriva Sara: lavora in un grande centro commerciale e si porta a casa sempre qualche vestito nuovo. Dietro di lei vedo Jana che lega la bicicletta a un palo e intanto mi manda baci con la mano. Ecco i miei amici di sempre, quelli con cui condivido glorie e sconfitte, serate e postumi di serate.

«Chi manca? Ho una sete, devo farmi subito una birra!» Jana è sudata e si arrotola le maniche della maglietta rossa sulle spalle.

«Ho chiamato anche Laia e Xavi, dovrebbero essere qui a momenti.» E mentre lo dico vedo arrivare i miei due compagni dell'università a braccetto. In facoltà ho stretto amicizia solo con loro. Laia l'ho incontrata al corso di francese e Xavi alla prima festa, quella delle matricole, intitolata – con ironia per niente velata – *Nuove Lingue in festa.* Frequentare Lingue Moderne a Barcellona vuole dire anche questo.

Laia mi salta al collo, Xavi la osserva da dietro: gli è sempre piaciuta, non tanto per la sua bellezza, quasi scontata, quanto per il suo modo di fare sfrontato che la rende ancora più sensuale, ma non si è mai fatto avanti, in fondo lei è fidanzata da anni.

«Ok, ci siamo tutti, scegliete un bar!» Poi il mio sguardo s'inchioda all'angolo in fondo, lo vedo arrivare con il suo passo tranquillo, la sigaretta tra le labbra e le mani in tasca. Gli occhi grandi e scuri che guizzano sotto le sopracciglia folte e i capelli castani perennemente scompigliati dal vento. Mi vede, mi squadra, abbozza un sorriso; lo osservo ferma, stupita, un tuffo al cuore. La piazza intorno si blocca per un momento: non mi aspettavo di vederlo qui.

Pau: il mio primo amore, la mia prima volta, il ragazzo dei miei vent'anni. Ci siamo innamorati molto tempo fa, alla fine del liceo, ma ci abbiamo messo un po' a dircelo. Poi ci sono stati due anni di simbiosi totale, di gioia pura, di avventure, di pomeriggi al parco, di scappate al mare e di notti abbracciati. Pensavamo che sarebbe durata per sempre e invece è finita. Semplicemente la vita ci ha messo alla prova e noi non eravamo pronti: mia madre si è ammalata e io all'improvviso non avevo niente da dargli, solo paure e paranoie, sentivo di annegare nella tristezza, non volevo trascinarlo a fondo con me ma non volevo nemmeno che lui mi salvasse. Il distacco è stato netto, una mutilazione. Percepivo la sua assenza come quella di un arto mancante. La sua partenza per Parigi, qualche mese più tardi, è stata la fine. Un vero addio, niente messaggi di buonanotte, niente ti vengo a trovare. Era l'eclissi di un amore e l'inizio di una nuova era, questa volta senza di lui.

«Ciao Lavinia.» Rimane immobile davanti a me con quell'espressione che conosco bene, in attesa, senza invadere, sempre a un passo di distanza. Lo abbraccio forte.

«Che bella sorpresa, non sapevo fossi qui.»

«Sono venuto per il weekend, riparto lunedì... Ti sono cresciuti i capelli.» Le sue frasi corte, i complimenti velati, sempre discreti.

«Ehi, voi due, basta saluti e capelli lunghi. Qui serve una birra!» Jana scalpita per infilarci in qualche bar.

«Io avrei anche fame, vi prego, andiamo al libanese?» dico rivolta a tutti.

«Vada per il libanese se alla signora sconfinfera» dice Manel, stranamente accondiscendente. Di solito polemizza su tutto.

Ordiniamo solo antipasti, la tavola si riempie di ciotole e piattini con hummus, pita, tabbouleh, foglie di vite ripiene, melanzane affumicate. Ci passiamo ogni cosa assaggiando di tutto, inzuppando la pita nel piatto del vicino, incrociamo le braccia gli uni con gli altri mentre solleviamo le portate in aria come piccoli ottovolanti. Beviamo birra tra risate fragorose e Laia fa impazzire il cameriere ordinando e poi cancellando ciò che ha appena ordinato. In questa tranquilla felicità, quando guardo Pau seduto di fronte a me, mi assale una fitta di malinconia. Ha i gomiti appoggiati sul tavolo e mi ricordo di quando gli dicevo che a tavola non si sta così e lui allora scattava su con il busto e cominciava a interpretare un lord inglese e mi faceva ridere ma anche arrabbiare e andava avanti fino a quando non chiedevo pietà. Adesso non gli dico niente, però. Adesso siamo due perfetti conosciuti e non ha più senso prendersi in giro, ridere, litigare.

Dopo cena ci fiondiamo al baretto che chiamiamo "la spiaggia" perché ha una stanza con la sabbia e dei grandi cuscini a terra dove ti puoi sdraiare a piedi nudi e fumare il narghilé. Alle pareti sono attaccate foto di dune e palme, un dipinto di un grande deserto e qualche cammello. Ogni volta ci dicono che la sabbia l'hanno portata dal Marocco, che non è la sabbia di Barcellona e noi rispondiamo che in effetti si vede, il colore è diverso.

«Questo è per te, da parte di tutti noi.» Sara all'improvviso tira fuori un biglietto e me lo consegna: è la prenotazione di un hotel nel centro di Ravello.

«Tanto lo sappiamo che non hai prenotato neanche la prima notte!» Manel ha ragione: aver fatto la valigia con largo anticipo è già un grande progresso, non potevo diventare perfetta nell'arco di due giorni.

«Non so cosa dire! È stupendo!» Guardo la prenotazione, poi i miei amici. Per qualche istante penso che vorrei metterli tutti in valigia, è dai tempi del liceo che diciamo di fare un viaggio insieme, ma so in fondo al cuore che devo partire da sola.

«Ehi, qua c'è della qualità, eh! È un quattro stelle» mi fa notare Xavi. «Colazione inclusa e ovviamente wi-fi, così quando arrivi ci mandi un whatsapp e ci mettiamo l'anima in pace sapendoti al sicuro tra bianche lenzuola!»

Parte una canzone ad alto volume e il gruppo si sparpaglia a ballare per lo stanzino.

«È bello vederti di nuovo sorridere.» Pau si è seduto vicino, mi guarda ma senza rimpianto, è sinceramente felice per me.

«E a te come va a Parigi?»

«Adesso ho un mio piccolo laboratorio, si è sparsa la voce e mi stanno arrivando tante commissioni. Sto bene.» Pau è un artigiano orafo, disegna e crea gioielli meravigliosi. Conoscendolo, le cose gli stanno andando alla grande, ma è troppo modesto per ammetterlo. Gli guardo le mani, mi sono sempre piaciute, così grandi e forti, strumenti magici capaci di trasformare il metallo in oggetti preziosi.

«T'invidio» dico, improvvisamente seria, «hai realizzato il tuo sogno, hai messo a frutto il tuo talento.»

Mi scruta intuendo qualcosa oltre le mie parole: «Che mi dici del violino? Anche tu hai un talento».

«Svanito, dissolto, perduto... come tutte le cose importanti della mia vita.»

Come mia madre, come te. Non c'è bisogno di dirlo, perché lui lo sa già, e sa anche che sarebbe inutile parlarne adesso. Adesso che sto per partire e che comincia l'estate e i nostri amici ballano a piedi nudi come antichi pagani, adesso che una clinica tutta bianca ha emesso un verdetto e io sorrido, ma potrei anche mettermi a piangere.

Si è fatto tardi e il locale deve chiudere, sono quasi le tre di notte. Abbraccio tutti, uno più forte dell'altro. Poi sdrammatizzo: «Mica parto per la guerra. Ci vediamo alla fine dell'estate». Ma lo dico più a me stessa che a loro.

Nel locale tirano giù la saracinesca e mentre ci salutiamo qualcuno sbadiglia già. Basta, è ora di andare. Guardo Pau un'ultima volta, mi sorride come a dire "Andrà tutto bene".

Lo spero.

La notte è blu e adesso tutto tace.

3
La piscina

Mi alzo presto, con le canzoni del baretto di ieri che mi fischiano ancora nelle orecchie. Sento un senso di spaesamento e tristezza, una nostalgia che viene da lontano e che non so spiegare. La bellissima serata appena passata mi sembra già lontana, guardo la valigia chiusa e cerco di proiettarmi in avanti, al viaggio che mi aspetta. L'aereo parte nel pomeriggio, ho ancora tutta la mattina per me, perciò decido di andare a nuotare nella piscina di Montjuïc. Voglio salutare Barcellona dall'alto.

La piscina è abbarbicata sulla cima del promontorio che domina il porto, a picco sulle case. È stata completamente rifatta per le Olimpiadi del 1992 e ha due vasche: una per i tuffi, una per il nuoto. Vengo spesso quassù: anche se per arrivarci devo attraversare gran parte della città, il piacere che provo ripaga tutto il tempo speso, è una delle mie mete preferite. Dagli spalti si vede tutta Barcellona fino al mare. È una sensazione di infinita bellezza nuotare sopra i tetti, le antenne, le strade.

Gli spogliatoi sono molto grandi e io scelgo sempre l'armadietto vicino alle docce; questa volta ci chiudo il trolley comprato dai cinesi a poco prezzo.

La signora con la permanente a fianco mi guarda con sospetto mentre si allaccia il reggiseno.

Io me ne frego e attraverso lo spogliatoio con il mio costume intero viola, finché non arrivo allo specchio del bagno. Mi affaccio nella cornice e come per magia il corpo di mia madre si disegna sul mio. I vapori delle docce non aiutano, i contorni si confondono, non sono più io quella che vedo ma lei negli ultimi giorni di vita, quando ormai mi rifiutavo di guardarla perché non la riconoscevo più. E adesso eccomi qua, costretta a fissarla: la sua pelle è spenta, una patina opaca ricopre tutto il corpo come una muta. Istintivamente mi stringo in un abbraccio accarezzandomi la pelle, i gomiti, i polsi, le fessure, i nei, la peluria: è tutto a posto, sono io, questa pelle liscia e soda, forte e bianca con alcune vene sottili che si intravedono. Mi annuso in modo animale, l'odore fresco di colonia. Mi passo le mani sul collo, lungo e caldo, fino all'attaccatura dei capelli. Riguardo ancora lei, il suo seno picassiano scombinato a causa delle operazioni. Mi abbasso il costume e con il dito disegno una linea sotto il mio piccolo seno, è una linea dritta, precisa, geometrica. Metto la mano destra sul seno destro, la mano sinistra su quello sinistro, i capezzoli piccoli come noccioli di ciliegia premono sui palmi. Abbasso lo sguardo e riesco a vedere il mio addome piatto, l'ombelico perfetto, l'ombelico che è vita e mi parla di lei, piccolo cerchio concentrico che sembra il buchetto di un albero e mi immagino albero, le mie gambe due lunghe radici esili ma coraggiose con le ginocchia spigolose e le caviglie fini.

Non te ne andare, mamma. Regalami ancora il tuo sguardo vispo, intelligente, materno. Ci fissiamo per un ultimo istante negli occhi; occhi allungati come mandorle, quanta dolcezza c'è in questo sguardo. Ci sono tutte le ninne-nanne, i baci sulle ferite, le carezze sul capo, le domeniche insieme, infiniti abbracci, infiniti giorni vissuti con e per me. Dimmi dove vai, dove posso cercarti? Lasciami almeno un numero di telefono, la tua voce può bastare. Mi manchi.

«Scusa, hai fatto?» Qualcuno alle mie spalle mi catapulta di nuovo nella realtà. Indietreggio e lascio lo specchio a una ragazza.

Camminando verso la piscina mi accorgo di non essermi infilata la cuffia. Sempre un mestiere difficile riuscire a soffocare i capelli dentro la gomma. Ho una matassa castana e indomabile che mi cade sulle spalle disegnando piccole onde, increspature di mare quando tira un po' di vento. Mi prendo in mano i capelli e li attorciglio in uno chignon. Li copro con la cuffia, li sistemo bene e nel passarmi le dita sulla testa mi ricordo di quel giorno. Due anni fa.

Io e mia madre siamo nel bagno del suo appartamento. Dalla finestra entra il sole che inonda tutta la stanza e la riempie del calore che in quel momento manca ai nostri cuori arrabbiati.

Guardo la testa di mia madre, porta ancora un carré lungo fino alle spalle. Non ho paura di quello che sto per fare, ho paura di quello che significa: riconoscere alla malattia il suo potere. Le sto dando in pasto mia madre mentre quello che vorrei è dirle "Domani guarirai", prendere un fiore selvatico rarissimo e miracoloso, passarglielo sul corpo e guarirla.

Ma ormai lei è irremovibile: non sarà una malattia a renderla calva, vuole essere più rapida e giocare d'anticipo. Qualche giorno fa ha tirato fuori un rasoio e mi ha detto: "Vai, senza paura"; io non ho capito, mi sono quasi offesa: "Ti stai arrendendo?". Poi, tornando a casa, mi sono fermata al supermercato e sono andata alla cassa con due rasoi elettrici nuovi e una barretta di cioccolato. Non la lascerò sola, non sarà sola.

Così, ora impugniamo il rasoio, premiamo ON, il ronzio della macchinetta fa da sottofondo al nostro gesto brutale. Iniziamo dalla fronte a rasarci, creiamo una strada che separa in due la chioma come i trattori che passano su un campo di grano falciando ciò che trovano. Lei mi sorride. Io le sorrido. Le ciocche cadono sulle piastrelle azzurre. Non fanno rumore. Anche le mie lacrime sono silenziose. Lei invece non piange, è forte come una roccia. Per terra un manto marrone di capelli si accumula, vorrei dargli fuoco come se fosse legna. Ci guardiamo insieme nello specchio: i nostri crani esposti, chiari, primitivi, il viso ora è un ovale solitario.

Il rito è compiuto. Spezzo la barretta di cioccolato, gliene do metà, la addentiamo con foga, siamo due guerriere, pronte alla battaglia.

Quel giorno ho pensato davvero che lei potesse farcela, che non se ne sarebbe andata perché era più forte di tutti, perché insieme eravamo invincibili. Ma non è bastato e ora sono qui che mi tocco la cuffia e penso a lei e penso che vorrei avere almeno un quarto della sua forza.

Mi butto in piscina. L'acqua mi lava via tutti i pensieri e sono una cosa sola con lei, mi avvolgo nel liquido e mi sento fluida, leggera, invisibile, nascosta. Oggi lascio Barcellona, amata città, la saluto da quassù abbracciandola tutta intera, mare e montagne, sole e rumori, baretti e turisti. Lascio la città e la mia casa, il frigo perennemente vuoto, qualche bolletta scaduta, le premure sincere dei miei amici, le nottate insonni, un libro su come affrontare il lutto, iniziato ma mai finito.

Me ne vado lontano lasciando tutto questo e un segreto dentro l'armadio della mia camera da letto. Lì ho riposto il mio violino e per farlo stare zitto l'ho messo pure dentro la custodia. Poi ho chiuso tutto a chiave, la custodia e l'armadio. Ho passato tanti anni, anche troppi, a portarmi appresso quell'oggetto mai capito fino in fondo, arrivato inaspettatamente per il mio quinto compleanno.

Mi sdraio sul pavimento caldo a bordo piscina e prendo tutto il sole che c'è. Ricordo ancora ogni cosa nei minimi dettagli: ero piccola ma quella sorpresa mi segnò profondamente. Dopo la festa, quando gli ospiti se ne erano ormai andati, era spuntato tra le cartacce dei regali un pacco nuovo. Non aveva mittente, non aveva biglietto. Fu amore a prima vista quando scartandolo mi ritrovai tra le mani un bellissimo violino. Ero sicura fosse stata una magia, una fata o un folletto. Volli imparare a suonarlo e mia madre accettò di iscrivermi a una scuola privata, una delle più importanti in Catalogna. Presto dimostrai di avere talento: suonare quello strumento era come fare un immenso respiro, era come nuotare. Mi era arrivato per vie sconosciute, ma era come se fosse stato mio da sempre. I professori mi incoraggiavano e piano piano cominciai a coltivare l'idea di dedicarmi alla musica completamente, di farne il mio mestiere. Tutto sembrava andare per il meglio, fino a un anno fa.

Dovevo sostenere l'esame per accedere al master dell'ESMUC, la Scuola Superiore di Musica della Catalogna. L'avevo preparato con estremo rigore e fatica, facendo tanti sforzi per impormi un metodo serrato di studio. Avevo rinunciato a serate e cene con gli amici. Non potevo fallire, quell'esame avrebbe stabilito il mio futuro, anche se io l'avevo già deciso da tempo: volevo diventare una famosa violinista, mi sentivo pronta per il grande salto.

Poi, proprio il giorno prima, mentre compilavo alcuni moduli noiosi per la segreteria della scuola, ho notato per caso un assegno di pagamento a favore della mia scuola di musica. Ad attirare la mia attenzione, un dettaglio: sull'assegno non c'era il nome di mia madre. A versarlo era stato un anonimo. Ho preso in mano gli altri: anonimo, anonimo, anonimo, anonimo. Tutta la mia istruzione musicale era stata pagata da qualcuno che non conoscevo. E, in effetti, come avrebbe potuto mia madre permettersi una retta tanto alta, col suo stipendio? Un dettaglio che di colpo era diventato gigante, un vuoto, una mancanza che si ricollegava immediatamente a un'altra nel passato, a quel violino senza mittente... La verità mi era arrivata addosso come un treno. L'ombra del Grande Assente della mia vita mi aveva inghiottito: mio padre.

Tutto quello che sapevo di lui erano le poche frasi smozzicate che ero riuscita a strappare a mia madre nel corso degli anni. Mi aveva raccontato che era un uomo forte e affascinante, incontrato durante un viaggio in estate; con lui aveva vissuto una breve parentesi d'amore, un sogno bellissimo durato poco. Lui aveva un'altra famiglia e un'altra vita, troppo distante dalla sua. Dopo quella manciata di giorni passati insieme, non si erano mai più sentiti. Sapevo solo quello e non ero andata più a fondo, perché avevo visto mia madre incupirsi: per la prima volta alle mie domande aveva dato risposte zoppicanti, e non era da lei. Percepivo una distanza, una ritrosia che avevo preferito non forzare. Lui non c'era mai stato, non ci sarebbe stato mai. Che me ne importava? Ci aveva abbandonate. Questo mi era bastato per metterlo nel dimenticatoio.

Scoprire, in quel momento, che era stato la mia ombra in tutti quegli anni mi aveva provocato un terremoto interiore. Era tutto collegato: il violino e gli studi. Non poteva che essere lui. Non dissi niente a mia madre, ormai la malattia la stava divorando.

Così, quando calpesto il suolo della Scuola, il giorno dell'esame, mi sento come schiacciata da quella rivelazione, mentre salgo le scale verso l'aula magna, sento il peso del violino sulle spalle, intollerabile, e dentro un vulcano di rabbia che cresce e fermenta.

«Buongiorno. Prego, si sieda.» A parlare è il più anziano dei professori. Accanto a lui gli altri quattro membri della commissione. Mi scrutano da dietro la scrivania lunga e nera, su di essa tanti fogli e partiture. Io scruto loro e mi rendo conto che manca un elemento. Ogni anno, la Scuola chiama un ospite in commissione, un musicista affermato che esprima il proprio parere sui provini, e quest'anno è circolato il nome di un italiano, Claudio Giarda. Tra gli intenditori è considerato una sorta di divinità, uno dei violinisti più geniali della nuova generazione, con una personalità imprevedibile e fuori dagli schemi. Si dice che abbia rifiutato il ruolo di professore offertogli dalla Scuola per non rimanere imbrigliato nel sistema ed essere libero di viaggiare insieme alla sua musica. Non ho mai avuto occasione di conoscerlo di persona, anche se l'eco delle sue imprese artistiche mi è arrivata da più parti. In ogni caso, questa leggenda vivente ha pensato bene di non presentarsi, oggi. Meglio così.

Sistemo lo spartito sul leggio. Ho scelto un pezzo che mi è sempre stato caro: *La Vida Breve* di Manuel de Falla. L'ho studiato per mesi e adesso le note stampate sul pentagramma mi sembrano incomprensibili geroglifici. Apro la custodia del violino con dita tremanti, lo impugno quasi con disgusto pensando a mio padre, cercando di cacciarlo dai miei pensieri ma non potendo fare a meno di immaginarlo... gli assomiglierò? La mia testa vola e sento la concentrazione scappare via, relegata in un angolo. Inizio a suonare e il contatto dell'archetto sulle corde fa da innesco, il vulcano che ho dentro esplode, le note schizzano via come schegge, rimbalzano nella stanza, stridono e fanno male. Mio padre è diventato di colpo qualcuno, qualcuno che non ha neanche un nome, ma esiste, e io ho improvvisamente disimparato a suonare. Avrei preferito che fosse rimasto un signor nessuno, una nuvola fumosa, ma adesso d'improvviso è reale, è una presenza che mi turba e mi fa tremare.

Dietro la scrivania dei professori, intanto, si materializza qualcun altro, un uomo si è appena seduto. Eccolo, deve essere Giarda. È venuto per ascoltarmi nel pieno della mia peggior esecuzione. Resto con gli occhi incollati allo spartito, non oso girarmi ma sento il suo sguardo addosso, percepisco la sua figura slanciata, il respiro pacato, gli occhi penetranti, resi ancora più enigmatici dagli occhiali scuri. Mentre suono lo vedo con la coda dell'occhio giocherellare con la matita, ha mani forti e grandi, le dita lunghe e agili. Si sta annoiando, se le passa tra i capelli. Sono tesa, faccio stridere l'arco sulle corde, è il mio grido di dolore, sudo freddo, ho il cervello in panne, pieno di punti interrogativi, sono un puzzle incompleto. Finisco con fatica il pezzo. L'ultima nota. Ho dato il peggio di me. Sono il peggio di me.

Vorrei scappare ma non posso, devo aspettare i voti. I professori scuotono la testa, borbottano qualcosa e mi assegnano un punteggio basso che non arriva alla sufficienza: non ammessa. Poi, gli occhi di tutti, compresi i miei, si puntano sul musicista invitato in commissione. Finalmente lo guardo: è molto più giovane degli altri, e molto diverso, assomiglia più a un chitarrista rock che a un maestro di musica classica. È alto e nervoso, vestito con jeans e camicia, barba corta e folti ricci neri. Dietro agli occhiali scuri s'intuisce il bagliore di due carboni accesi. Le maniche della camicia sono arrotolate, forse per il gran caldo, e lasciano intravedere avambracci muscolosi. Si alza con calma, appoggia la matita sulla scrivania, rimango seduta a guardarlo con le mani tremanti. Lui mi osserva per un lungo momento e poi conferma il voto dei professori. Mi alzo di scatto, ansiosa di andare a nascondermi lontano, inciampo nella sedia. Sto aprendo la porta d'uscita quando lui mi richiama.

«Aspetti...»

Non mi giro, mi fermo solo ad ascoltarlo. Ha una voce roca, bassa, profonda. Sto andando in tilt. Non riesco a muovermi in attesa di ciò che deve dirmi. Mi sento ancorata al pavimento. Di nuovo silenzio, un piccolo sospiro, lo immagino mentre apre le labbra.

Finalmente parla: «Se lei non ha superato questo esame, oggi, non è per mancanza di bravura. La musica è ordine e anche caos, è tecnica ed emozione, ma questi opposti devono trovare un equilibrio. Lei sa muovere le dita, ora impari a fermare il cuore».

Non mi giro a guardarlo, voglio solo correre via. Mentre

vado a casa la sua frase mi gratta la pelle, rompe le ossa, entra dritta come uno sparo e mi scava dentro.

È così che ho deciso di chiudere il violino dentro l'armadio e abbandonare per sempre la musica: non voglio un regalo di qualcuno che non è nessuno.

E poi Giarda dice bene: non sono all'altezza.

Io, il cuore, non so ancora come fermarlo.

4
La terrazza dell'Infinito

All'aeroporto di Barcellona tira sempre vento. Lo vedo dalle palme alte che costeggiano la facciata, le foglie lunghe e appuntite non smettono mai di ondeggiare e allo stesso tempo riesco a sentire il rumore dolcissimo che fanno, come uno sfrigolio sottile, i rami che si toccano appena l'un l'altro, si sfiorano per un tempo brevissimo. Penso che le palme sono eleganti e mentre un'ultima vampata di caldo mi sbatte in faccia supero le porte scorrevoli dell'ingresso. Fuori la poesia languida della città, dentro aria condizionata e tecnologia. Faccio la fila al desk e mi guardo intorno. L'aeroporto è un universo a parte: tra tabelloni che segnano arrivi e partenze, scale mobili, carrelli per valigie, banconi per check-in, marsupi e zaini, le persone sembrano solo accessori come gli altri.

Siamo pronti per il decollo ma un signore sulla cinquantina sta ancora cercando di spingere la valigia dentro la cappelliera, senza successo; la gira in tutti i versi ma niente, non ci sta. Ha gli occhi dei passeggeri puntati addosso, occhi di chi è riuscito prima di lui nell'impresa e ora ha il bagaglio al sicuro sopra la propria testa, espressioni che sono un misto di compassione e superiorità. Arriva la hostess e lo convince dell'unica soluzione possibile: la valigia deve essere messa nella stiva. Il signore si rassegna al proprio destino, prende posto, ferito e soprattutto sudato.

Mi godo la scena dalle ultime file, mi piace osservare i miei compagni di viaggio. L'aereo è pieno zeppo, c'è aria di vacanza. L'aria di vacanza è quell'aria che un po' te ne freghi di tutto, come se vivessi un'altra vita. Puoi buttare la spazzatura per terra, bere dalla cannuccia facendo rumore, toglierti le infradito e appoggiare i piedi nudi sulla moquette dell'aereo, perché questo non sei proprio tu, non è la stessa persona che in città, nella vita di tutti i giorni, butta la cartaccia nel cestino. Ora che sei in vacanza la puoi anche stracciare in minuscoli pezzi e cospargerci l'aereo.

Un gruppo di ragazzini se ne sta in ginocchio sui sedili, parlano fra di loro chiamandosi a gran voce. Sono chiaramente eccitati dal viaggio che stanno per fare, sono elettrizzati, così carichi che se l'aereo rimanesse fermo all'aeroporto di Barcellona loro arriverebbero a Napoli a nuoto. Non sono stanchi, non sentono il tempo, sono in un'altra dimensione, sono invincibili.

Dovrei sentirmi così anch'io, penso, ma la verità è che non mi sono liberata delle mie zavorre, sono ancora nella mia versione cittadina e invernale. C'è stato un tempo in cui la Lavinia vacanziera spuntava fuori al primo alito di vento caldo, al primo affacciarsi della bella stagione. Quest'anno, invece, il letargo sta durando più a lungo e io faccio fatica a farla uscire dalla tana, se ne sta lì nascosta, come un animale pigro e sornione. Sulle gambe ho l'album di mia madre, lo apro e giro qualche pagina. Se non fosse per lui, adesso non sarei qui. Ho bisogno di un'altra frase, un incoraggiamento o una rassicurazione.

Vicino alla foto di un paesaggio marittimo la trovo, sembra fatta apposta per i miei dubbi: "Sfida il conosciuto e lo sconosciuto. Calpesta le notti e i giorni senza paura". Pare un incitamento a se stessa, e a un viaggio di tanti anni fa. Assaporo in bocca quelle parole, mi lascio cullare...

«Si prega di allacciare le cinture, portare i sedili in posizione verticale, spegnere i cellulari e i dispositivi elettronici...» Ecco, partiamo.

L'aereo ha un effetto soporifero su di me, una sensazione di totale abbandono mi assale quando mi sollevo dalla città mentre questa rimane attaccata a terra, i miei occhi cercano la Torre Mapfre e la Torre Agbar che si stagliano in lontananza, poi si chiudono leggeri.

Vedo mia madre emergere dall'acqua limpida di un lago o di un mare, ha lunghi capelli lucenti, non porta il costume, indossa solo il suo corpo giovane. Allunga le braccia verso di me sorridendo in un modo così caldo e sicuro che vorrei buttarmici dentro, ma qualcosa mi trattiene.

«Vieni, Lavinia, piccola mia.»

«Non so nuotare, mamma.»

«Certo che sai nuotare!» ride forte, come se avessi detto un'assurdità. Poi si avvicina, mi afferra le braccia e mi butta in acqua. Andiamo giù e l'acqua è fredda, azzurra, trasparente. Lei non mi lascia le mani e me le stringe mentre fluttuiamo e io sto così bene a danzare con lei in questo regno di silenzio. Giriamo e giriamo in un vortice infinito fino a riemergere e, mentre il sole m'illumina il viso, cerco quello di mia madre, mi volto da tutte le parti ma non c'è più. Rimango da sola in mezzo all'acqua, so nuotare e non ho paura. Un raggio fortissimo mi acceca. Chiudo gli occhi e li riapro. Siamo atterrati.

La prima cosa che faccio, non ancora uscita dall'aeroporto, è ordinare un caffè. Ho bisogno di svegliarmi e questo espresso caldo e aromatico che mi scende in gola dà una bella sferzata ai miei sensi. Vado al banco informazioni e chiedo il modo migliore per arrivare a Ravello. Una ragazza dai modi gentili mi spiega che devo prendere un pullman. Mi rendo conto che, nonostante sia passato del tempo da quando l'ho studiato all'università, il mio italiano non è per niente arrugginito.

Poi c'è stato anche Leonardo, il romano di qualche tempo fa.

Il nostro gioco era fare gli italiani. A lui divertiva molto sentirmi parlare la sua lingua in modo zoppicante mentre a me piaceva da morire la sua cadenza, mi ricordava gli attori dei film italiani in bianco e nero, quelli dove il maschio era molto italiano, con il naso grosso, le sopracciglia folte, il complimento sempre pronto, la simpatia naturale. Leonardo era così e, anche se è stata una storia fugace, le serate che abbiamo passato insieme rimarranno sempre nella mia memoria. Mi ricordo della festa di Sant Joan in spiaggia per dare il benvenuto all'estate, di come abbiamo saltato il falò insieme e poi abbiamo ballato tutta la notte con la sabbia sotto i piedi che sembrava sabbie mobili e a noi che non importava di essere inghiottiti perché ci amavamo ed era l'unica cosa che contava. Finita l'estate, siamo finiti anche noi, ma ha avuto senso così, non avrebbe avuto senso saltare ancora il falò, anno dopo anno, l'avremmo trasformato in cenere. Noi invece lo abbiamo mantenuto alto per tutta l'estate, poi ci abbiamo soffiato sopra come con le candeline di una torta.

È stato un amore fisico, una fiammata che non poteva durare. Adesso sorrido perché le sue belle parole italiane mi serviranno nel lungo cammino che mi aspetta.

La strada da Napoli a Ravello non è lunga, ma uscire dalla città non è facile. Il pullman si incastra tra macchine parcheggiate in seconda fila, semafori rossi, code grigie di mezzi che procedono a passo d'uomo. Dai finestrini spuntano braccia in maniche corte e qualche sigaretta che fuma verso il cielo. Attraverso Napoli in modo frettoloso e distratto, eppure riconosco qualche tratto di Barcellona: le persone sorridenti che chiacchierano in strada, con in mano un pezzo di pizza o una bibita, i gabbiani in cerca di cibo, i marciapiedi popolati da tavoli e sedie, l'odore del mare. Per un momento mi viene voglia di scendere dal pullman e tuffarmi in questa vita, sono appena arrivata in Italia e già mi sento risucchiata nella dimensione del viaggio. D'istinto guardo l'album e riaffiorano le domande. Cosa voglio dimostrarmi? Davvero penso di stare da sola per tre mesi? Io che non mi sono mai presa neanche un weekend tutto per me? La risposta non c'è, c'è solo il calendario davanti. Assaporo quei nomi: giugno, luglio, agosto.

Non ho risposte, no, ma neanche paura, un brivido di curiosità mi percorre tutta e accenno un sorriso mentre guardo fuori dal finestrino le persone che sfilano davanti a me. Mi chiedo chi sono, ho voglia di conoscerle tutte. Con questa leggerezza mi lascio alle spalle a poco a poco, tutta l'agitazione. So che incontrerò qualcuno, mi succede ogni volta che ho questa sensazione di polmoni aperti e sguardo spalancato.

La strada si fa più distesa, meno piena, i palazzi fuori città sono blocchi di cemento con terrazze usate per stendere i panni o piazzare l'antenna della televisione. Il paesaggio cambia di nuovo drasticamente quando stiamo arrivando a Ravello. Il pullman percorre una curva dopo l'altra e da lontano il paesino mi sembra un anello sul mare che luccica, le case a strapiombo sull'acqua sono tutt'uno con la roccia che le trattiene, fanno parte della terra da sempre, come fossero sbocciate dopo una giornata di pioggia. Hanno i tetti rossi e dorati che brillano sotto il sole splendente regalando una luce gialla, in contrasto con il verde pastello della vegetazione che ricopre i terrazzamenti.

Scendo dal pullman e mi sento la pelle scaldata dal sole. Mi fermo a guardare e non so da dove cominciare, tutta questa bellezza messa insieme è un assalto per gli occhi, soffermarmi su una cosa sola mi pare impossibile, perché vorrei già esplorare ogni angolo, entrare in ogni casa e sostare sulle terrazze a bere limonate. Mi incammino verso l'albergo su per il borgo scosceso, dove le ginestre colorano a tratti le pareti rocciose. Sono stanca per il viaggio ma il pensiero di essere approdata in questo gioiello grazie a mia madre mi spinge ad apprezzare la fatica, d'un tratto è come se lei fosse accanto a me con il suo passo deciso e un po' militare a dirmi: «Dài Lavinia, cosa sono quelle smorfie? Guarda qua che meraviglia!». La vedo già che prende in mano dei rametti di ginestra e se li mette dietro l'orecchio.

Villa Hollein, l'albergo che hanno prenotato i miei amici, è poco prima del centro, ed è incastonato su una scogliera in perfetta armonia con il paesaggio, tanto che devo inerpicarmi su per delle scale strette e ripide per potervi accedere. Il bianco e l'azzurro della facciata sono intervallati dalle foglie dell'edera e della buganvillea fucsia che si arrampicano sugli archi di roccia che fanno da cornice alla magnifica terrazza. Nella hall una coppia di mezz'età, lui cappello di paglia, lei pantaloni di lino bianchi, sono in partenza, salutano cortesemente lo staff dell'hotel, lui prende i borsoni di pelle marrone, lei gli cinge il braccio, scendono le scale tenendosi alla balaustra azzurro cielo e diventano puntini a mano a mano che si allontanano.

Ora la hall è vuota, i marmi dei pavimenti trasmettono un lieve fresco sotto la suola delle mie scarpe da ginnastica. Mi sistemano in una camera singola che ha un balconcino sul mare. Le finestre sono aperte ed entra una brezza marina pungente e rinfrescante. Sul tavolo basso, ai piedi del letto, un cesto con dentro limoni freschi appena colti. Asciugamani bianchi piegati alla perfezione sono adagiati sul copriletto corallo. Tutto mi sembra fantastico. Mi spoglio e faccio una doccia veloce, poi infilo gli shorts di jeans e una camicetta smanicata, ai piedi metto i sandali argento. Le mie membra hanno bisogno di sentirsi libere, la mia pelle di respirare, muovo le dita di mani e piedi e faccio affluire il sangue. Questo per me è estate.

Prendo il cellulare dal comodino e digito un messaggio per i miei amici: "Sono arrivata in hotel. È bellissimo!!! Dalla finestra si vede il mare... E voi che fate dall'altra parte?".

Mi rispondono uno a uno, chi da Barcellona, chi da vari luoghi di villeggiatura. Sara addirittura in partenza per New York. Parole scherzose e cariche d'affetto, me le metto in tasca insieme al cellulare e un po' mi sembra di portarmela dietro, questa ciurma colorata che mi fa da famiglia.

Esco che è già tardo pomeriggio ma fa ancora caldo e infatti in piazza del Duomo tutti i tavolini dei bar sono occupati da persone che mangiano un gelato. Decido di comprare un tramezzino e una limonata e di non fermarmi, ho voglia di camminare e arrivare prima che faccia buio al giardino di Villa Cimbrone. Mentre facevo il check-in, ho letto su un dépliant dell'albergo che è un posto incantevole, a picco sul mare, un edificio storico comprato e restaurato da un banchiere inglese nei primi del Novecento. Ma quello che più mi attira è il nome che hanno dato al belvedere: "Terrazza dell'Infinito".

Arrivo al giardino salendo uno, due, tre, dieci, trenta, cinquanta, cento, mille... così tanti scalini che quando sono in cima ho il respiro affannato. Mentre riprendo fiato, il mio sguardo vagabonda intorno, si posa sulle statue antiche e sui resti di colonne che ornano questo giardino incantato. Una fontana cattura la mia attenzione: l'acqua sgorga lentamente dal vaso retto da un'ancella vestita con un drappo morbido. Ha un seno scoperto e i capelli sciolti, lo sguardo distante. Non c'è nessuno, il giardino sta quasi chiudendo, probabilmente sono stata l'ultima a entrare. Dalla fontana parte una lunghissima loggia di roccia ricoperta da edera rampicante e fiori che porta al mare. Le colonne che la sorreggono sono bianco panna e, tra l'una e l'altra, spuntano fiori lilla e si intravedono piccoli sassi o conchiglie incastonati nella roccia porosa. Cammino sfiorando tutto con le dita per avere la certezza che non sia un sogno, in fondo scorgo già il belvedere che apre a scenari di immensa bellezza sul golfo. In questo silenzio il frusciare degli alberi ha un suono ritmico e musicale ma, ascoltando bene, in sottofondo, percepisco un rumore più deciso, e meno casuale, più umano. Proviene da dietro il busto antico di una statua e mi accorgo che non sono sola in questo pomeriggio estivo: un uomo e una donna si sono svestiti del pudore e ansimano all'unisono, così stretti l'uno all'altra che mi pare di vedere un corpo solo e tante mani che lo percorrono. Lui la sovrasta con la figura possente, i suoi ricci s'intrecciano ai lunghi capelli di lei, che a loro volta si attorcigliano ai ramoscelli verdi, mentre qualche fiore colora la loro pelle bruna. Una libellula ronza attorno e sembra quasi stordita da tutta quella frenesia. La statua li osserva freddamente mentre io, seppur pietrificata, sento il fuoco divamparmi dentro e i miei occhi riempirsi di una curiosità animale. I respiri, prima soffocati, ora intonano un canto di piacere disinibito. Non c'è legge nei loro gesti, nessuna regola né copione, solo istinto e carne. L'uomo prende il viso della donna tra le mani, lo lecca dal mento alla fronte con possesso e poco amore. Lei gli cerca le labbra e le succhia avidamente. Mi nascondo dietro la colonna con la paura di essere vista, vorrei andare via ma i miei occhi restano agganciati a quel groviglio di gambe e braccia, alla schiena di lui che sembra un blocco squadrato di pietra, che sorge dalle natiche rotonde. Mi sento dentro la scena e, mentre cala la sera, tutto ciò che abbiamo intorno – il giardino, le statue, il mare – scompare. I corpi si contorcono in una lotta spasmodica, il viso della donna ora è a contatto con la terra umida della sera mentre lui, su di lei, le affonda le mani tra i capelli, le afferra i fianchi, li attira a sé, inarca la schiena e alza il viso e in questo istante il suo sguardo incrocia il mio. Per alcuni secondi infiniti i suoi occhi mi sfidano, tutt'altro che imbarazzati, anzi provocatori e trionfanti e, mentre rimango ancorata alla loro danza, ipnotizzata dalla loro forza, ho un déjà-vu: li ho già visti da qualche parte, ma dove? Poi l'imbarazzo mi travolge, indietreggio di un passo, infine mi volto e corro via.

Riattraverso il giardino verso l'uscita, scendo le scale, mi siedo sulla prima panchina che trovo e riprendo fiato. Mi slaccio la camicetta, noto perle di sudore sul collo, rovescio la testa in giù facendola penzolare tra le ginocchia con i capelli che calano come un sipario e rimango nascosta qua dietro per qualche minuto. Sono scossa, non per essere stata scoperta ma per essermi scoperta elettrizzata e famelica davanti a quella scena.

Quando risollevo la testa, vedo che dalla staccionata di una villa pende il ramo di un limone. Colgo un frutto, lo apro in due spappolandolo e mi bagno i sandali, sento il fastidio dell'appiccicaticcio tra le dita dei piedi, poi bevo il succo e brevi rivoli aspri mi sporcano gli angoli della bocca, mi asciugo con il lembo della camicetta, mi passo le mani tra i capelli e l'umido del limone li fissa all'indietro. Stendo le gambe in avanti con l'arancione del tramonto che mi scalda dappertutto e un tremore in corpo: il sangue ha ripreso a circolare. Il risveglio che aspettavo da tempo.

Torno verso l'albergo allungando di proposito la strada, mi perdo per i vicoli, cammino tenendo in mano un ramo che faccio strisciare lungo le pareti rocciose creando una scia e ascoltando il rumore duro e vibrante che provoca, un ronzio costante, lo stesso suono che immagino facciano le rotelle dentro il mio corpo. Le sento innescarsi e girare come fossi un pupazzo di latta che è tornato a muoversi e a scalpitare. Arrivo in albergo che è buio, alcune finestre sono illuminate, ombre si muovono dietro i tendaggi, silenziose, sfuggenti. La hall ora è piena di persone che entrano ed escono. Salgo in ascensore, una coppia si sta baciando, ma si ricompone non appena entro. Hanno indosso abiti leggeri, un pochino stropicciati, odorano di sudore fresco e di terra. Riconosco i capelli di lei, gli occhi di lui. È la coppia di Villa Cimbrone.

«Piano?» mi chiede lui con nonchalance mentre le porte si chiudono e io non posso più uscire da questo spazio angusto.

«Piano?» mi ripete insistente, come se non avessi capito. Lei ride garrula, divertita. Il mio sguardo si posa su di lui, non è solo l'uomo della villa, mi ricorda qualcun altro, non qui, non oggi, è un volto che viene da lontano. L'ascensore è tappezzato a rombi verdi, minuscoli, così piccoli che sembrano unirsi l'uno all'altro creando un effetto caleidoscopio. Sullo sfondo di questi rombi il suo viso mi danza davanti, sempre più vicino, sempre più chiaro. Lo ripesco dal baule della memoria, torno indietro con la mente al giorno dell'esame alla Scuola, ed ecco l'immagine di lui che si siede in ritardo dietro al banco di commissione, gli occhiali scuri che oggi non porta, la frase lapidaria che mi ha detto prima di congedarmi.

«Terzo piano.»

«Anche noi.» La sua voce roca, vibrante.

L'ascensore che sale, i miei piedi che sprofondano.

5
Bloody Mary

Ero troppo stanca per uscire di nuovo, così ho cenato in albergo. Non avevo molta fame, continuavo a ripensare allo strano incontro di oggi. Non è difficile immaginare cosa ci faccia qui Claudio Giarda: a Ravello è in corso un famoso festival di musica classica, un evento che richiama artisti da tutto il mondo. La signora che era seduta al tavolo accanto al mio aveva un programma appoggiato a fianco a lei, così le ho chiesto se potevo dare un'occhiata. Un'intera estate di concerti, praticamente il sogno di ogni musicista e anche il mio, se ancora mi considerassi tale. Tra i vari nomi che conoscevo c'era quello di Giarda: si è esibito in diverse occasioni, da solo e in orchestra. Ho restituito il programma alla mia vicina di tavolo senza approfondire oltre. In altri tempi avrei speso tutti i miei averi pur di accaparrarmi qualche biglietto ma adesso no, adesso preferisco mantenermi a distanza di sicurezza.

Sono stata così anche in amore, negli ultimi anni. Ora che non sono più una ragazzina mi sembra difficile lasciarmi andare. Ma ho anche fatto soffrire più di un uomo: il problema è che sembro sempre entusiasta, non mi faccio desiderare troppo. Mi piace godermi le cose. E nel sesso ancora di più, ho sperimentato, so cosa mi stuzzica.

Poi però qualcosa mi blocca, quando inizio a togliere l'armatura la tentazione più grande è quella di scappare.

Ed è successo, sono sparita nel nulla, dopo un weekend insieme, una festa, due mesi di film e birre (birre per loro, Bloody Mary per me). Sono sempre tornata in un lampo alla mia solitudine piena di cose.

Ora però ho sete, non solo del vino bianco che è quasi finito, ma di scoprirmi, spogliarmi di vestiti e barriere.

Appena rientrata in camera ho spalancato la finestra, per far entrare il rumore dell'acqua e un po' di quest'aria frizzante, così fresca ed estiva. Ora sono distesa sul letto, giocherello con i piedi, incrocio le dita l'una con l'altra, le strofino su e giù sulle lenzuola immacolate di cotone. Assaporo questo preciso istante, riesco a stare incollata nel presente senza che la mia mente viaggi, pensando solo ai piedi che percorrono questo territorio bianco, vergine, senza alcun ostacolo, liscio come pietra levigata. La luce è spenta, la stanza si illumina solo con quel poco che proviene dal bagno, dal balcone arriva l'odore del mare e le tende si muovono con i soffi del vento. Sono ferma nella parentesi di una vacanza appena iniziata, dondolo e mi stiracchio, accarezzo il cuscino e sbadiglio. Esco sul balconcino a prendere una boccata d'aria, la seta della camicetta riluce sotto la luna come le squame dei pesci che vengono a galla. Spezzo questa poesia accendendomi una sigaretta che ho trovato nello zaino, chissà da quanto tempo è lì, di solito fumo solo per sentirmi in compagnia. Ma adesso sto bene anche sola, figlia di una libertà che è il mondo a concedermi, schiudo le labbra e aspiro la prima boccata a occhi chiusi. Mi appoggio in avanti sulla balaustra. Sotto, l'ondeggiare del mare che culla questa notte viva.

Osservo l'infilata di balconcini uno vicino all'altro sulla facciata dell'hotel e mentre mi domando che cosa stiano facendo e chi siano i miei vicini di stanza, il destino sembra rispondermi e la finestra accanto si apre. In scena entra un uomo, è girato di spalle. Sono spalle larghe, compatte come un blocco di ghiaccio, indossa una t-shirt blu scuro, dei pantaloncini corti neri che svelano gambe tornite e mi fanno venire in mente il fusto di una quercia: sono abbronzate, quasi marroni, con piccoli riccioli neri che scarabocchiano la pelle. Con lo sguardo percorro la silhouette dai piedi alla testa. Sporge leggermente il busto oltre la ringhiera, sembra annusare la notte, ha i capelli bagnati, l'odore di bagnoschiuma maschile, un po' legnoso, penetrante. Mi arriva una goccia d'acqua sulla guancia, l'asciugo con il palmo della mano. Mi ritraggo nell'oscurità del mio balconcino, in silenzio, ma il rosso della sigaretta che brucia tra le dita mi tradisce. Così prendo un'altra boccata di fumo e mentre aspiro una tirata i nostri visi si incontrano sotto la luce della luna, le nostre espressioni si paralizzano. Claudio Giarda. Di nuovo lui, non ci posso credere. Ora sembra uno scherzo.

«Ancora tu» e inclina la testa di lato, come a volermi inquadrare meglio. È sorpreso? Infastidito? Mi ha visto a Villa Cimbrone e mi considera una specie di maniaca?

«Credo di sì… chiunque tu pensi che io sia» rispondo incerta.

«*La Vida Breve*» afferma invece lui, a richiamare indietro un momento ormai lontano.

Dunque si ricorda di me dal giorno dell'esame, da quando suonai in modo tremendo davanti a lui e ai professori della commissione quella danza spagnola. *La Vida Breve.* Mi accorgo solo adesso di quanto quel titolo si addica a me. Non ci avevo mai pensato prima.

«È stato una lunga vita fa» confermo.

Sorride enigmatico, si formano delle fossette ai lati della bocca, scuote il capo come chi si arrende a uno scherzo ben congegnato dal destino. Dalle finestre aperte arriva il brusio della cena in hotel, chiacchiere e odore di pasta al pomodoro. Non siamo più quelli della Scuola, io non sono l'alunna, lui non è il giudice chiamato a esaminarla, bisogna ricollocare i nostri corpi fuori da quell'aula, trovare un modo nuovo di farli muovere e parlare. Lui è molto diverso da come lo ricordavo: più sciolto, rilassato, sembra quasi un altro, niente più lenti a schermare gli occhi neri, niente scrivania, matita, camicia, pantaloni; solo tanta pelle, vento, aria. Ma la sua energia non è meno potente, c'è qualcosa in lui che cattura e atterrisce.

Non so bene cosa fare, se sorridere o restare seria, se dargli del lei o del tu. Decido per il tu.

«Devo aver suonato veramente da schifo se ti sono rimasta impressa per così tanto tempo» dico quasi a mia discolpa.

«No» scuote la testa, «mi ricordo di te perché eri il più strano miscuglio di talento e rabbia che avessi mai visto.» I suoi occhi adesso sembrano studiarmi. «Quel giorno, all'esame, sembrava che in fondo volessi essere bocciata.»

«Non ci sei andato molto lontano» ammetto e aspiro nervosa una lunga boccata di fumo. Possibile che abbia visto tutto questo? Temo per un momento che voglia addentrarsi nell'argomento, che mi faccia altre domande, invece resta a guardarmi per qualche secondo in silenzio, come fossi un oggetto bizzarro, poi indica la mia sigaretta.

«Un tiro in cambio di tutto quello che trovi nel mio minibar.»

«Mi sa che ci perdi: l'ho quasi finita» rispondo sollevata.

«Meglio, così posso continuare a raccontarmi che in realtà non fumo.»

«Contento tu.»

Gli porgo quello che ormai è quasi un mozzicone allungando la mano oltre la balaustra. C'è uno spazio di circa mezzo metro tra i nostri balconi. Sotto, gli scogli a picco sul mare. Claudio tira il fumo soddisfatto, mi fa cenno di raggiungerlo e io, senza pensarci neanche un secondo, solo perché mi sembra la via più breve per arrivare a lui, mi isso sulla ringhiera e faccio penzolare le gambe nel vuoto. Non guardo giù, ho le vertigini, ma in qualche modo mi sento rassicurata dalla sua presenza. Prontamente, anche se un po' stupito, si mette la sigaretta tra le labbra per liberare le mani e mi afferra stretta per la vita. Scivolo così sul metro quadrato del suo balcone, i nostri piedi nudi si guardano e io guardo loro, i suoi sono bellissimi, lunghi ma allo stesso tempo compatti, proporzionati, quel che ti aspetti da un corpo così robusto. Socchiude la finestra e mi invita a entrare, io mi infilo tra lo stipite e il suo torace, in uno spazio troppo stretto. Mentre metto un piede sulla moquette della sua stanza, gli sfioro il petto e quella vicinanza mi provoca un tremore improvviso, il brivido tipico di quando la notte cala e i nostri sensi si accendono, come fossimo animali pronti all'agguato. L'elettricità scaturita da questo breve contatto si trasmette all'aria intorno e la carica di energia.

«Stasera sono io a essere arrabbiato» dice e, soltanto per un attimo, vedo in fondo al suo sguardo un fuoco di cattiveria e sensualità.

«Allora è destino. Una volta io, una tu. Solo che ora siamo in un paradiso, l'ultima volta per me era un inferno.»

«Paradiso lo dici tu. Io l'estate la odio, tutti che si fingono allegri, in pace.» Mi osserva ancora, pronto a soppesare ogni mia parola.

«Ma come fai. C'è più energia. E c'è la pelle.» Sto al gioco, voglio vedere dove ci porta.

Mi squadra dalla testa ai piedi, senza pudore. I suoi occhi cambiano di nuovo, ora hanno dentro sfumature che non conosco. Non riesco a muovermi, come se mi tenesse ferma in quest'angolo di stanza, invece non mi ha più sfiorata.

«E perché sei arrabbiato?»

«Non ha importanza.» Si allontana, apre subito il minibar. «Vediamo cosa abbiamo: birra, noccioline, vodka... poi ancora noccioline e birra. Non c'è molta scelta. È il minibar meno fornito che abbia mai visto.»

«Noccioline vanno bene. Birra pure.» Ma darei un braccio per un Bloody Mary.

La sua stanza è più grande della mia, ha una scrivania in un angolo e un ingresso più ampio, il letto è matrimoniale. In giro non scorgo nessun dettaglio femminile, nell'aria non c'è profumo di donna, guardo anche per terra come se cercassi delle orme in un bosco. Claudio è solo in questo albergo. Ma chi è allora quella della villa? E dove si trova adesso? Mi passa la birra e c'è un breve incastro tra la mia mano e la sua, mentre mi fa scivolare la bottiglia ghiacciata tra le dita sento il calore che emana la sua pelle.

Do un primo sorso e guardo furtivamente la porta del bagno, che è chiusa. Mi irrigidisco pensando che la sua amante potrebbe essere lì dentro, me la immagino con i ramoscelli ancora incastrati tra i capelli, poi mi dico che è un pensiero assurdo e lo caccio via. Probabilmente Claudio nota qualcosa e mi domanda se la birra è abbastanza fredda.

«Sì la birra è fredda, grazie. Però forse torno in camera, non è il caso che disturbi...»

«Disturbare? Al contrario. Le stanze d'albergo mettono addosso una tristezza infinita, quando si viaggia da soli.»

Quindi la donna non è con lui, forse è solo un'amante occasionale. La notizia, per quanto non confermata, mi genera un intimo moto di vittoria, del tutto ingiustificato.

«Hai suonato al festival?» domando con finta ingenuità, per non dare l'idea di essermi già informata.

«Diciamo che sono qui per lavoro ma anche per piacere.»

Istintivamente arrossisco, pensando alla scena cui ho assistito questo pomeriggio.

Lui sembra leggermi nel pensiero e sorride, sembra farsi gioco di me: «Ci sono tante cose da fare a Ravello in questo periodo. Per esempio: hai visitato Villa Cimbrone?». La butta lì con naturalezza, ma sappiamo benissimo entrambi che è un'allusione.

Mi ritrovo spalle al muro, incastrata come una ladra, un

dito puntato contro e una luce sparata negli occhi. Negare, negare fino alla morte.

«No, non ancora.» Bevo un sorso di birra per mandare giù il bolo d'imbarazzo e rabbia che risale dallo stomaco: il maledetto ha fatto finta di niente solo per attirarmi nella sua trappola. «Perché, c'è qualcosa d'interessante da vedere là?» Mi sforzo di sostenere il suo sguardo.

Claudio continua a osservarmi come farebbe un gatto col topo. Inclina di nuovo la testa: «È solo che mi sembrava di averti vista».

«Quindi non solo ti ricordi di me, mi vedi anche in posti in cui non sono stata… devo forse preoccuparmi?» E mi produco in un sorrisetto perfido.

Lui alza un sopracciglio: touché. Ma non perde il suo aplomb, evidentemente sa di essere in vantaggio. Anzi, direi che è piacevolmente intrigato dalla mia risposta e da tutta la situazione.

Adesso siamo occhi negli occhi e nessuno vuole abbassarli. Ci studiamo a vicenda, ognuno accucciato dietro la propria trincea, ognuno geloso della posizione conquistata e soddisfatto, tutto sommato, di questo stallo. Se ne avessimo voglia, basterebbero poche parole per sgombrare il campo dai sotto testi e dagli enigmi e il discorso filerebbe onesto e pulito: “Sì, ok, lo ammetto. Ti ho visto mentre scopavi con una donna, oggi pomeriggio”.

“E io ammetto che essere visto da te non mi è dispiaciuto per niente.”

“Bene, dunque.”

“Arrivederci.”

“Grazie.”

Ma sarebbe di una noia mortale e non è certo questo che vogliamo. Quello che vogliamo è giocare sporco, essere disonesti, raccontarci bugie e mezze verità e lasciare che la realtà si confonda con l’immaginazione.

È lui a riavviare la conversazione tornando su un terreno più neutrale. «E tu come mai sei a Ravello? Sei venuta anche tu per il festival?»

Sgranocchio qualche nocciolina e intanto penso a una risposta sensata. Come mai sono a Ravello?

«In realtà non lo so neanche io. Non ero mai stata in Italia e avevo voglia di fare un viaggio. È stata mia madre a suggerirmi di iniziare da qui, poi non so dove andrò.»

«Anche tua madre è appassionata di musica?»

«No, lei… non è un’appassionata di musica. È morta sei mesi fa.» Perché l’ho detto? Da quando è successo non mi è mai capitato di parlarne con estranei, è un argomento che preferisco non toccare, per non suscitare compassione, per non creare imbarazzo, per non dare fastidio. Non so nemmeno io perché ho sganciato questa bomba.

Claudio rimane zitto per qualche secondo, sembra colpito ma sul suo volto non leggo compassione, né imbarazzo, né fastidio. Piuttosto direi curiosità.

«E come ha potuto suggerirti questo viaggio?»

«Ho trovato un suo diario e seguo quello che c'è scritto» spiego. «Non sono in contatto diretto con i morti, se è quello che vuoi sapere.»

Sorride amaro mentre i suoi occhi rincorrono qualcosa che io non posso vedere. «Sono i morti a rimanere in contatto con noi, con tutto quello che si lasciano dietro.»

Prima che riesca a mettere a fuoco il significato di questa frase e a capire perché l'ha detta, lui ha già cambiato espressione e si è tolto quel velo scuro dalla faccia.

«Ha scelto un bellissimo nome italiano, per te.»

«Mi raccontava sempre che è il nome di un'antica principessa.»

«E com'era tua madre? Le somigli?» mi domanda offrendomi un bicchiere di vodka, senza che io l'abbia chiesto. Ne versa uno anche per sé.

«Tutti dicono di sì» rispondo dopo aver dato un primo

sorso. «Pare che lei fosse identica a me quando aveva la mia età. Solo, portava i capelli lunghissimi, erano gli anni Settanta, e poi era molto sorridente. Aveva questo sorriso gigante, che le prendeva tutta la faccia.» Mi perdo per un momento dietro a vecchie foto che ho rivisto all'infinito e che ritraggono mille volti di mia madre.

«Doveva essere molto bella» mi dice Claudio come se mi avesse seguita nella stanza delle foto. Poi torna a guardare me: «E tu? Tu invece non sei molto sorridente».

"Come potrei esserlo, adesso?" mi verrebbe da chiedere. Forse lo sono stata un tempo, prima che mia madre diventasse una foto.

Non dico niente, mi limito a guardarmi i piedi. Improvvisamente sento una bolla di dolore montarmi nel petto, ho bisogno di nascondermi, di farla esplodere lontano dal suo sguardo. Cerco una via di fuga.

«Ti dispiace se uso il bagno?»

Mi indica la porta e mi ci rifugio dentro per prendermi una pausa da questa conversazione, dallo sguardo di Claudio che non lascia scampo, da ricordi tristi e argomenti difficili. Mi bagno i polsi, la nuca, le tempie, bevo a grandi sorsate. Piano piano il dolore scompare. È sempre così: arriva a ondate, mi travolge e poi va via, ormai ci sono abituata.

Mentre mi asciugo la faccia, cerco di pensare ad altro e mi godo questa incursione nell'intimità di Claudio passando in rassegna i prodotti cortesia dell'hotel. Ha usato solo una saponetta, ci sono un po' di bolle sul lavandino, un asciugamano stropicciato sul bordo della vasca, una piccola chiazza d'acqua sul marmo del pavimento. Non ha usato il tappetino.

Prima di uscire noto, abbandonata su una sedia, la sua camicia. Non resisto alla curiosità, la prendo e ci tuffo il naso dentro. Sento lo stesso odore che ho sentito poco fa, quando gli sono passata accanto per entrare in stanza, solo elevato all'ennesima potenza: legno, mare, incenso, uomo. La rimetto al suo posto, facendo attenzione che stia nella stessa identica posizione in cui l'ho trovata, caso mai lui fosse paranoico... poi penso che la vera paranoica sono io ed esco dal bagno.

6
Crash, boom, wow

Quando torno me lo trovo seduto sul bordo del letto.

«Ti va una Schweppes, insieme alla vodka?»

«Grazie» e gli porgo il bicchiere.

Lui va al frigo, stappa una bottiglia e ne versa il contenuto metà nel suo bicchiere e metà nel mio.

Bevo qualche piccolo sorso, voglio perpetuare questo stato di ebbrezza ma non sconfinare nell'ubriachezza, è un equilibrio sottile, che va mantenuto con una certa perizia. Per fortuna anni di sbronze all'università tornano utili.

Nonostante l'effetto calmante dell'alcol, la situazione continua a sembrarmi paradossale: io qui, in questa stanza d'hotel insieme a Claudio Giarda. Eppure è dannatamente piacevole starsene rinchiusi in una bolla spazio-temporale. Qui dentro tutto può succedere.

«Sai, un po' sono contento che non ti abbiano preso, alla Scuola» dice lui mettendosi comodo sulla poltrona.

Gli rivolgo uno sguardo truce: mi sta prendendo in giro?

«Adesso staresti lì a esercitarti, a solfeggiare, a comporre... probabilmente non ti saresti mai concessa questo viaggio e ora non ci troveremmo qui, a parlare.»

«Be' non l'avevo ancora guardata da questo punto di vista... ma grazie, mi sento davvero ripagata» ribatto sarcastica. In realtà, mi sento sminuita, piccata, per lui il mio fallimento a quel provino è poca cosa, dall'alto della sua esperienza e della sua carriera deve sembrare proprio una minuzia.

Si sporge un po' verso di me, appoggiando i gomiti sulle ginocchia.

«Ecco, anche quel giorno avevi questa piccola ruga sulla fronte. L'ho notata subito, appena ti ho vista.» Istintivamente mi tocco la fronte, in effetti quando sono turbata mi si forma un piccolo solco tra le sopracciglia, anche questo l'ho preso da mia madre.

«Sembravi venuta da un altro pianeta» prosegue lui. «Tutti gli altri studenti, quando si presentavano davanti alla commissione avevano paura o ansia, oppure troppa sicurezza ma, insomma, erano lì. Tu no, tu eri da un'altra parte, con questo sguardo corrucciato, sembrava guardassi lo spartito ma in realtà non guardavi niente. E ogni tanto soffiavi per toglierti quella ciocca di capelli davanti gli occhi che però non se ne andava.»

Ecco dunque come dovevo apparire a Claudio: una specie di aliena. Provo un po' d'imbarazzo per quella che ero, mi rivedo con lo sguardo di adesso davanti alla commissione, piccola, velleitaria, ma soprattutto mi accorgo di provare piacere per il modo in cui lui si ricorda di me, perfino nei piccoli dettagli.

«Dopo un po' che eri uscita dall'aula sono venuto fuori a cercarti ma tu eri sparita, sembravi volatilizzata.»

«E cosa avresti potuto dirmi? Volevi consolarmi? Ti saresti preso un bell'insulto in quel momento.»

«No, volevo solo parlarti, sapere chi eri, magari offrirti una vodka...» Alza un palmo a indicare il bicchiere nelle mie mani come a dire "Tutto alla fine è andato secondo i miei piani". Si fa più serio: «E poi ti avrei chiesto qual è la tua storia, cos'è che ti brucia così tanto da mandare a monte un esame».

Segue un lungo silenzio. Lui che aspetta una risposta, io che non voglio dargliela. Mi sono già scoperta troppo, non voglio offrirgli in pasto anche la storia di mio padre, mentre non so ancora niente di lui.

«Non c'è niente in particolare, era solo un malumore passeggero. Succede.»

Mi guarda. Chiaramente non mi crede.

«Comunque non ha più importanza. Ho chiuso con la musica» mi affretto ad aggiungere per mettere fine anche a questo discorso. Mi metto in salvo verso il tavolo su cui è posata la bottiglia di vodka, me ne verso ancora un goccio nel bicchiere.

L'alcol mi ha dato un po' di languore e mi ha confuso i pensieri. Parlare con Claudio è come stare sulle montagne russe: un momento mi sento piccola e insignificante, il momento dopo sono al centro del suo interesse. Cosa vede in me? Mi è capitato, nella vita, d'incontrare persone arrivate, non solo musicisti, che manifestano interesse per gli altri soltanto per alimentare il proprio ego, per far risaltare la propria grandezza al confronto con la mediocrità altrui. Chissà se Claudio è uno di questi.

Sono così immersa in questi pensieri che mi accorgo della sua presenza accanto a me solo all'ultimo momento. Prende la bottiglia dalle mie mani e anche lui rabbocca il bicchiere. Nel farlo il suo braccio sfiora il mio, sento di nuovo il suo odore, misto a quello della vodka.

Si pianta dritto davanti a me, che resto appoggiata al tavolo come per avere maggiore sostegno, mi guarda e intanto beve il suo drink. L'aria inizia a essere densa come miele, soppeso ogni mio movimento, ogni suo gesto. Tutto mi sembra complicato, sbagliato. Sono nervosa, soffio per spostare una ciocca di capelli davanti agli occhi, non ci riesco. Lui ride e me la sistema dietro l'orecchio.

«Ecco, volevo farlo da un sacco di tempo.» E la sua mano resta lì, non torna al suo posto. Ci sistemo il viso e penso che ci si sta davvero bene, dentro.

È un punto di non ritorno: siamo decisamente troppo vicini, adesso, per poterlo giustificare con qualsiasi altra scusa, per poterci raccontare che è solo capitato per caso. Le mie labbra all'altezza del suo collo, la sua bocca vicino ai miei occhi, la mia fronte a un millimetro dal suo naso. Un bacio è l'unica soluzione di questo problema, l'unico modo per uscirne. Manca solo un piccolo movimento perché le nostre labbra si trovino e sia perfezionato l'incastro.

Lo squillo di un cellulare squarcia l'aria e ci catapulta all'indietro facendoci perdere la mira.

Claudio borbotta una scusa, prende l'iPhone dalla tasca, fa per spegnerlo ma quando vede lo schermo il suo viso si incupisce. Mi dice «Scusa, devo proprio rispondere» e si allontana verso l'ingresso.

Anche se vorrei ascoltare ogni singola parola di quello che dice, mi siedo sulla poltrona e accendo la tv per non sembrare invadente. Spingo i tasti uno dietro l'altro, faccio il giro dei dieci canali almeno tre volte, scarto i telegiornali, i talk show, i documentari. Mi oriento per le pubblicità che sono brevi e scattanti. Finisco di versarmi la vodka, finisco di berla. Sono molto scomoda su questa poltrona, accavallo le gambe, poi le rimetto giù, poi infilo le mani sotto le cosce, poi mi raccolgo i capelli, sbuffo, l'attesa diventa noia. Guardo il letto perfettamente preparato con i cuscini tirati, pomposi, morbidi, mi ci sdraio sopra. Non ho sonno e anzi, sento la testa sospesa, staccata dalle spalle, come un palloncino che vola leggero. Sono offesa e arrabbiata con Claudio: mi ha lasciata parcheggiata qui mentre si fa gli affari suoi e non si preoccupa minimamente di sembrare maleducato. Deve essere abituato ad avere donne che lo aspettano. Vorrei andarmene, ma dalla porta non mi azzardo perché lui è proprio sull'ingresso che cammina avanti e indietro concitato, dalla finestra non ci penso neanche ora che ho bevuto un po', potrei cadere su uno scoglio.

Così, lascio che la mente viaggi e inizio a contare il numero di scarpe ai piedi del letto, le pagine del libro sul comodino, conto cinque magliette sulla sedia, un portafoglio, sei prese di corrente, una moquette verde, un armadio marrone, quattro pareti, due quadri con una barca, un orologio rotondo. Guardo le lancette e conto quante ore mancano prima che l'alba ci porti via, quanti giorni al mio compleanno, quanti a Capodanno. E poi, a questo punto del gioco, in questo tratto di storia, disegno una cornice e dentro ci metto dei personaggi che siamo io e Claudio e li faccio muovere. Immagino noi due che stappiamo lo spumante, il perimetro di questa stanza incandescente, la cornice in fiamme e noi incastrati al centro di tutto.

È una possibilità. Poi torno a concentrarmi su Claudio e penso che invece potrei alzarmi e camminare molto lentamente verso di lui, la testa leggermente inclinata, lo sguardo attento, studiarlo mentre avanzo, accerchiarlo, fermarmi davanti a lui e contargli venti capelli bianchi che si stagliano sulla sua chioma nera, tre piccoli graffi sul braccio, un ricciolo che cade languido sulla fronte. Potrei strappargli il cellulare di mano, sussurrargli «Ora non ti serve», chiudere la chiamata, spegnerlo, buttarlo sulla poltrona a farlo morire d'invidia per averlo scaraventato lontano dal suo padrone.

Potrei inginocchiarmi davanti a lui, sfilargli i pantaloncini e passargli le mani sull'inguine, lasciarle scivolare lungo le gambe dure come marmo, fermarmi sulle ginocchia e posarci sopra la bocca girando attorno alle rotule, tonde e ossute. Poi potrei sdraiarmi sul pavimento a pancia in giù e leccargli le caviglie nude passando la lingua tutto intorno, contare i nervi dei suoi piedi che si agitano per il tepore del mio contatto. Strisciare sinuosa sotto le sue gambe e sbucare dall'altra parte, girarmi a pancia in su e osservarlo con precisione matematica da questa prospettiva come i meccanici quando aggiustano i motori. Ammirare i suoi polpacci leggermente scolpiti, sani, forti, toccare con le punte dei miei piedi i suoi glutei tondi e perfetti come pesche sciroppate. Alzarmi, spogliarmi, incollare la mia schiena alla sua, incastrare le nostre scapole, sentire i due ossicini angolari che si toccano, che vibrano, scattare un po' in avanti colpita da questa elettricità umana, poi decidere di strofinarmi e fermare il mio sedere proprio sotto il suo a formare due O divise a metà. O come onomatopea, come il segnale dell'orologio, "tic-tac", che ci avverte che prima o poi arriverà mattina; come il "crash" che faremmo se decidessimo ora di girarci, petto contro petto, due macchine che si scontrano, due cuori che si infrangono, "bang-bang" se qualcuno aprisse la porta con una pistola in mano e ci sparasse perché ci stiamo amando troppo, e poi "driiin" se il telefono squillasse di nuovo, inascoltato, mentre noi facciamo “boom” catapultati sul letto. Mentre i suoni si mischiano e i rumori impazzano, io aprirei le gambe ad arco sopra il suo viso e gli chiederei di farmi dire “wow” leccandogli prima le dita di una mano e poi facendogliele appoggiare sull’ingresso del tunnel del piacere che lo accoglierebbe umido. Potrei prendergli l’altra mano e passarla sul mio corpo come se fosse una spugna, sbarazzandomi della vergogna, lavandomi di ogni decenza. Scoprire che questo non mi basta, avere fame di lui, volerlo dentro, avvicinare sempre di più i due sessi fino all’incastro predestinato, magico, mentre io sopra di lui tocco il soffitto con le mie dita incandescenti e lo buco e arrivo fino al cielo a sfiorare le stelle, mentre un brivido corposo prende spazio dentro la mia pancia come un’anguilla che serpeggia e poi muore.

Potrei fare tutto questo. E invece resto distesa sul letto a girarmi i pollici, a contare i metri che mi separano da Claudio ancora intento a parlare al telefono con qualcuno che non sono io. L’argomento della conversazione deve essere grave, a giudicare dalla ruga che gli è spuntata sulla fronte. Si volta verso di me e mi rivolge un cenno di scuse, mi fa segno di aspettare. Abbozzo un sorriso di rimando, appoggio il bicchiere vuoto sul comodino, mi copro con un cuscino, penso che forse non dovrei aspettare ma alzarmi e tornare nella mia stanza…

È giorno, un raggio di sole filtra dalle tende tirate e mi solletica il naso, mi stropiccio gli occhi, c'è un silenzio ovattato… all'improvviso realizzo e scatto su a sedere. Ho davvero dormito qui? Percorro la stanza con lo sguardo, sono sparite le scarpe, le magliette, il libro, il cellulare e Claudio. È rimasto solo il bicchiere vuoto, i quadri con la barca, l'orologio. Ho un lenzuolo buttato sulle gambe nude, deve essere stato lui a coprirmi, dopo che sono crollata. Avrà dormito accanto a me? E se anche fosse, come ha potuto andarsene senza neanche salutare? Mi ha spogliata con gli occhi mentre parlavamo e poi non ha avuto nemmeno il coraggio di dirmi una parola.

Vado in bagno ancora mezza stordita, mi lavo la faccia con l'acqua fredda e quando rientro in stanza, appoggiata contro il tavolo, noto la custodia di un violino. Sicuramente l'avrà dimenticato, penso, ma nell'avvicinarmi vedo che c'è anche un biglietto scritto a mano: "Te lo lascio, casomai dovessi sentirti troppo sola durante il viaggio. Claudio". Non può essere vero, non può aver fatto una cosa tanto stupida. Corro alla hall a chiedere dove sia andato il cliente della stanza 31. Mi rispondono che è ripartito e non sanno per dove, non hanno questo tipo di informazioni e comunque non sarebbero autorizzati a darmele. E adesso che faccio? Non posso tenermi questo violino, Claudio sa che ho smesso di suonare e non ho nessuna intenzione di ricominciare. Sono ancora più inferocita. Penso al compiacimento con cui deve aver fatto il bel gesto, senza capire che le ferite è meglio non riaprirle. E che la rabbia non passa, ma è pronta a esplodere di nuovo se trovi un bastardo che ti provoca così.

È ovvio che questo è il suo modo strafottente per dire che poteva pure portarmi a letto, e invece no. Spera di regalarmi un sogno. Che spocchia. Una notte con lui me la sarei goduta, di questo fardello non so che farmene.

Guardo il violino e per un momento immagino di lasciarlo nella sua stanza, che ci pensino quelli dell'hotel. Ma il piglio severo e puntiglioso del tipo alla reception mi ha suscitato troppa antipatia e poi anche se non dovrei mi sento in colpa ad abbandonare senza nessun riguardo qualcosa che mi è stato regalato. L'unica soluzione è farlo venire con me e trovare il modo di restituirlo al suo legittimo proprietario.

Lo porto nella mia camera e apro la custodia. Davanti ai

miei occhi si rivela un gioiello color nocciola scuro, passo le mani sulle corde tirate, prendo l'archetto e noto i crini un poco usurati; lo appoggio sulla spalla, sento il legno aderire all'incavo del collo. È davvero un bellissimo strumento, sbircio tra le F della cassa e leggo sull'etichetta: J.B. VUILLAUME, RUE CROIX-DES-PETITS-CHAMPS, PARIS 1840. Oh, mio dio. Solo ora realizzo che non è un violino qualunque, ma un Vuillaume del XIX secolo, addirittura del primo periodo, quando il liutaio francese aprì la sua bottega a Parigi riuscendo a diventare un degno concorrente dei migliori liutai italiani, tra cui Stradivari. Non ne avevo mai visto uno. Oggigiorno valgono una fortuna e si trovano solo all'asta. Appoggio il violino sul velluto blu della custodia e lo guardo quasi tremando. È come se fosse vivo e io invece vorrei ammazzarlo, così come vorrei ammazzare Claudio che me l'ha messo tra le mani, senza sapere niente di me, senza domandarsi minimamente se mi avrebbe fatto piacere, per poi dileguarsi nel nulla. Il viaggio è appena iniziato e io mi sono già ingarbugliata.

Ho bisogno di un caffè.

7
Storie di mare e di montagna

Al piano interrato dell'albergo c'è una piscina: è piccola ma sufficiente per una nuotata che, spero, mi aiuterà a distendere il mio corpo accartocciato.

Non c'è nessuno in acqua e l'unica presenza nei dintorni è un ragazzo delle pulizie che dispone gli asciugamani puliti sui ripiani. Lo so, rifletto mentre m'immergo lentamente nello specchio azzurro, è assurdo che io sia qui dentro quando a pochi chilometri c'è uno splendido mare, ma la piscina mi dà un senso di padronanza suprema, con la sua calma geometrica e i confini certi. Il mare è per le avventure e l'improvvisazione, la piscina è fatta per raccogliere i pensieri. Vado sott'acqua e quasi per osmosi la mia testa trabocca di progetti e castelli. Adesso che infilo una bracciata dietro l'altra penso alla prossima tappa, ho passato splendidi giorni a Ravello ma ora ho voglia di avanzare lungo quest'estate che nella mia testa assume la forma dell'Italia, uno stivale da indossare per calpestare i mesi che verranno, in lungo e in largo. Esco dall'acqua forte e giovane, potente e decisa.

Tornata in camera, rimetto in valigia quel poco che avevo tirato fuori per non doverla rifare completamente. Interrogo l'album una seconda volta. Chiudo gli occhi e lo sfoglio a caso, li riapro e con immensa sorpresa trovo la foto di una montagna scattata da lontano. Sotto, una didascalia a penna: "Monte Bianco, visto dalla valle". Ecco un posto dove non ho nessuna voglia di andare. Io e la montagna non siamo mai andate d'accordo. Non mi piace, non mi interessa, soffro pure di vertigini. E poi, adesso, sono quasi in fondo allo stivale mentre il Monte Bianco è al confine con la Francia. Decido di chiudere l'album e riaprirlo una volta tornata a Napoli, tanto sono sola e se trasgredisco alle regole non se ne accorge nessuno. Anche perché sono le mie regole, perciò ci faccio quello che voglio. Apro a caso un'altra pagina, con appiccicato il volantino di una lezione di danza classica. Ho ancora sete di frasi coraggiose, e mi pare di vederle uscire dalle labbra di mia madre, che odiava il ballo più di ogni altra attività al mondo: "Se non ti piace qualcosa c'è un motivo profondo. Buttati a capofitto per scoprirlo!".

Prendo i bagagli: zaino in spalla e trolley al seguito. Con l'unica mano libera afferro la custodia del violino e già chiudere la porta della stanza richiede non poche manovre. Fuori, il sole del mattino picchia forte e si suda anche senza muoversi.

Mentre percorro i vicoli del paese diretta alla fermata del pullman, mi sento fastidiosamente zavorrata. Io che ho abbandonato il mio violino chiuso in un armadio a Barcellona ora mi ritrovo a viaggiare con un altro che non è neanche il mio. Ma ormai è tardi, la scelta è fatta, e poi non ho certo intenzione di rifare tutta la strada indietro per lasciarlo in hotel. Ritroverò Claudio e glielo restituirò.

Il disagio fisico fermenta e diventa vera e propria irritazione. Ripenso ancora a lui con rabbia, al suo modo poco elegante di arrivare in ritardo quel giorno all'esame, all'aria un po' supponente con cui mi ha proposto lo scambio tra la mia sigaretta e il suo minibar, alla maleducazione con cui ha risposto al telefono lasciandomi praticamente sola. E poi, puff, sparito nel nulla, evaporato così come è apparso, senza saluti, senza indizi, solo un violino a pesarmi tra le mani. Ne ho abbastanza di uomini che mi regalano violini e poi spariscono.

Salgo sul pullman per Napoli e getto i bagagli sul sedile accanto al mio. Appena inizia a muoversi anche i miei pensieri cominciano a correre, mi perdo nei meandri della mia anima. C'è un grosso buco al centro, è il posto in cui prima c'era la musica, la passione che ho coltivato per una vita e che poi ho estirpato in un colpo solo, come una pianta velenosa. Mi ha fatto male ma non è bastato: lei mi ha inseguita fino in Italia e mi ha aspettata su un balconcino, una sera d'estate. Ha assunto le sembianze di un uomo di nome Claudio per farmi avvicinare, per sedurmi con quella voce profonda, gli occhi intriganti e il profumo selvatico. Invece mi ha fregata. Pensavo di rubare una notte d'amore a un viaggiatore ma mi ha legato a lui con il più indesiderato dei regali. E adesso eccomi qui, su un pullman, con questo violino muto e testardo che mi viaggia accanto, come un compagno di strada che non riesco a seminare.

Quando arrivo a Napoli è mezzogiorno e ho una fame da lupi. Anche perché ho allungato, volevo altro mare. Per questo mi ritrovo nella stazione di Mergellina, ai piedi della collina di Posillipo, in riva al mare. Qui il golfo si apre davanti a me come una cartolina: l'azzurro dell'acqua, le barche ormeggiate nel porto, le case che crescono sul litorale. Mi imbatto nella Fontana della Sirena, eretta sullo scoglio e attorniata ai suoi piedi da quattro animali: un delfino, un cavallo, una tartaruga e un leone. La piazza brulica di persone e baretti all'aperto, ma anche se la fame è tanta decido di non rimanere qui. Quando viaggio non mi fermo mai nelle zone turistiche, mi piace navigare all'interno dei quartieri e mischiarmi con la gente del posto.

Mi infilo in una stradina in cerca di un ristorante e ho l'imbarazzo della scelta. Ne trovo uno che espone all'esterno la lista dei piatti del giorno su una lavagna di ardesia e ha alcuni tavolini sotto un porticato di legno molto spartano. Il cameriere mi fa cenno di sedermi dove voglio come se il locale fosse vuoto: «Dove vuole lei, principessa!». In realtà è rimasto solo un tavolino libero. Mi siedo, sbircio all'interno e c'è un grosso bancone di granito su cui viene esposto il pesce fresco. In fondo si intravede una parte della cucina, osservo il viavai dei camerieri e dei vari cuochi che intrattengono i clienti in modo allegro e confidenziale. Spulcio il menu... non so che cosa ordinare. Un cameriere, pancetta prominente, testa calva e baffo grigio, mi viene in soccorso e me lo sfila di mano: «Signorina, non affatichi la vista. Chiuda gli occhi e accenda i sensi».

Seguo il suo consiglio ed ecco venirmi incontro gli odori gradevoli dei piatti, il rumore meccanico dei coltelli e lo sfrigolio dell'olio nelle padelle.

«Possiamo iniziare con un assaggio di mozzarella di bufala, squisita!» prosegue l'uomo con la cadenza tipica di queste parti, le vocali leggermente allungate e le s strascicate. «Poi abbiamo: spigola all'acqua pazza, frutti di mare crudi, vongole veraci, ostriche, noci di mare, datteri. La zuppa di scorfano, le triglie alla brace, i nostri friarielli, immancabili, il sartù di riso, i friggitielli...» Si interrompe e urla a un suo collega: «Lazzaro! Porta dell'acqua fresca e un po' di pane a questa bellezza, sta svenendo non so se per il caldo o per la fame».

Io nel frattempo ho già deciso: mozzarella, friarielli e triglie. Mi portano del pane, dicono "speciale, cotto nel forno a legna", ne assaggio la mollica ancora calda e mi sento bene, quasi a casa, circondata da sconosciuti ma in compagnia. Gusto questo cibo che sembra vivo nel piatto, che mi sazia la bocca prima ancora della pancia e intanto osservo gli altri avventori: ridono e chiacchierano spensierati. Il cameriere, che scopro chiamarsi Guido, viene più volte a chiedermi se va tutto bene e io annuisco energicamente continuando a masticare: il fatto che non riesco ad aprire la bocca nemmeno per rispondere sembra essere per lui la migliore conferma.

Mentre mi sparecchia il tavolo, prendo l'album dallo zaino, lo adagio sulle molliche di pane. L'ultima volta mi proponeva il Monte Bianco, una meta che vorrei evitare. Così, decido di interrogarlo di nuovo in questo clima di festa e vedere che cosa mi riserva. Lo apro a caso e, invece di una foto o una cartolina, trovo una frase scritta a penna: "Opporsi al destino significa solo arrivare in ritardo dove avremmo già dovuto essere". Lo richiudo spaventata, non è quello che mi aspettavo. Mia madre sembra spingermi ad accettare la sfida del Monte Bianco. Cosa devo fare? Ascoltare lei o le mie paure?

Mentre sono assorta in questi pensieri, al tavolo davanti al mio viene a sedersi un personaggio inverosimile, che subito attira la mia attenzione. Un uomo magrissimo, molto alto, vestito e curato come una donna, meglio di una donna: capelli biondi, raccolti in una treccia, rossetto rosso, unghie laccate, abito lungo a fiori. Si accorge che non riesco a togliergli gli occhi di dosso e mi fa una boccaccia. Io mi rendo conto della mia maleducazione e distolgo subito lo sguardo. Guido, che ha assistito alla scena, gli urla dalla cucina: «Gasparina, lascia stare quella creatura!».

Poi esce fuori, porta pane e acqua al nuovo arrivato e torna a rivolgersi a me.

«Principessa, non ti spaventare: lui è Gasparina, il femminiello di Mergellina! È una testa pazza ma non fa male a nessuno.» È passato al tu, come se il fatto di aver mangiato al suo ristorante mi avesse conferito maggiore familiarità.

Mentre Guido torna dentro, Gasparina me lo indica con un cenno della testa e sorridendo mi fa: «Gli piaccio assai… è geloso!».

I suoi occhi sono accuratamente truccati, allungati, con le pupille che brillano di una luce sincera, le ciglia viola…

«E tu di dove sei, bambina?»

«Barcellona.» Sono completamente incantata. Non è certo il primo travestito che abbia mai visto: c'è un locale nel Raval, La Valenta, in cui vado spesso con i miei amici. I gestori, Lola e Carmen, sono amici di Jana e quando ci vedono arrivare ci fanno sempre mille feste.

Però Gasparina ha un'espressione così dolce, quasi materna, che mi cattura.

«E viaggi da sola?»

«Sì.»

«Che coraggio! Io non mi fiderei mai ad andare in giro da sola.»

Ci sorridiamo. Ho la sensazione di suscitare in lei la stessa curiosità che lei suscita in me.

«Ascoltami, se hai bisogno ti do un po' di dritte, così non rischi di prendere qualche fregatura. Se non ci si aiuta tra donne...»

«Grazie, davvero, ma devo proseguire il mio viaggio, non posso fermarmi a Napoli.»

«E dove vai di bello?»

«Be'... in teoria dovrei andare sul Monte Bianco.» Lo dico e diventa subito vero, più di quanto vorrei.

«Oh santo cielo! E che ci vai a fare lassù?»

«In verità nulla, il punto è che mia madre... mi aspetta.» Non trovo parole migliori per spiegarlo.

«Mai fare aspettare le mamme. Loro ci hanno aspettato per nove mesi! Direi che è già sufficiente!»

Guido si unisce alla nostra conversazione: «Gasparina porta fortuna, è risaputo nel quartiere. Qualsiasi cosa devi fare, se hai incontrato lei, vuol dire che ti andrà bene».

Penso proprio che mi ci vorrà un po' di fortuna, ormai non posso più tirarmi indietro. Dipendesse da me, resterei qui a Napoli ad ascoltare i racconti di Gasparina, a guardarla mentre si trucca, a curiosare nel suo guardaroba, ma devo andare contro i miei desideri e risalire la corrente: dal mare verso la montagna, da sud verso nord. Ancora una volta mia madre sembra parlarmi, guidarmi in questo viaggio sulle sue orme. Lei ha deciso che andrò in montagna e quindi andrò in montagna.

Il femminiello si è già fermato a parlare con un altro cliente, lasciando solo la sua scia di profumo alla rosa a farmi compagnia. Mi manda un bacio da lontano mentre mi alzo e pago il conto. Il cameriere mi regala una conchiglia dicendo che almeno un pezzo di mare devo portarmelo appresso, per non sentirne la mancanza.

Con questa conchiglia in mano e l'entusiasmo di un condannato a morte mi risolvo ad andare in stazione a comprare un biglietto per Torino. E quando alla fine mi lascio cadere sul sedile, appoggiando la testa al finestrino, di nuovo vengo colta da mille ansie e dubbi.

Il viaggio in treno è lungo e i pensieri si scatenano: sto per affrontare la mia più grande sfida, uno scoglio dalle dimensioni stratosferiche, non solo per le vertigini di cui soffro, ma per l'idea di pesantezza e fatica insensata che, almeno nella mia testa, è associata alla montagna. E pensare che, quando era viva, mia madre non mi lasciava andare con i compagni in settimana bianca, per due motivi: perché costava troppo e poi perché, diceva, «Cosa ci vai a fare in montagna? Abitiamo al mare! Non hai bisogno di imparare a sciare». Giustamente pensava che non mi sarei mai ritrovata a dover discendere da Montjuïc alla Barceloneta con gli sci ai piedi e quindi era totalmente inutile investire su quello. Non ho mai insistito, in fondo non avevo troppa voglia di andare a patire il freddo in cima a un monte.

Crescendo, poi, quando accompagnavo le mie amiche a comprarsi il necessario per gli sport invernali, ho iniziato a provare un sentimento di totale antipatia verso quel mondo: la tuta, gli scarponi, le calzamaglie, i guanti, i berretti, le magliette termiche, i doposci, gli sci, la tavola, il casco. Le vedevo uscire da questi negozi cariche di oggetti ingombranti e pesanti e non le invidiavo per niente. Mentre loro avevano speso un patrimonio per uno sport che praticavano sì e no quindici giorni all'anno, io avevo speso venti euro per un costume che mi sarebbe durato tre stagioni. Non c'era dubbio: se dovevo scegliere tra morire di freddo vestita da grizzly o fare il bagno in mare libera come un'anguilla, io optavo per la seconda. Era così facile inforcare la bicicletta fino alla spiaggia, in ciabatte, con il costume sotto il vestito, portandomi appresso solo un asciugamano, che non capivo la necessità di svegliarsi alle cinque del mattino, caricare la macchina, guidare, prendere lo skilift per discendere una montagna e poi rifarlo per tutto il giorno in un loop infinito.

Però, ora che guardo la foto dell'album, mi chiedo perché mia madre sia andata sul Monte Bianco. Se è stato per curiosità o per l'insistenza di qualche amico che ce l'ha trascinata. Non ci sono indizi a parte questa immagine e questa laconica didascalia. Chissà che cosa ha provato nel trovarsi di fronte questo paesaggio per la prima volta? Qualsiasi emozione fosse, di odio o di amore, io non l'ho mai sperimentata ed è un tassello che mi manca. Lentamente l'ostilità sta lasciando posto alla curiosità. Questo tempo, in fondo, è fatto per le nuove scoperte, per far succedere quello che prima sembrava impossibile e, se così deve essere, Lavinia andrà alla montagna.

Mentre i pensieri a poco a poco si acquietano, anche il treno inizia a rallentare. Quando entriamo in stazione, mi accorgo che le montagne già dominano il paesaggio circostante.

Una volta arrivata a Torino, prendo subito il pullman per La Salle, il paesino ai piedi del Monte Bianco che ho scelto come base. Mi siedo in prima fila perché voglio osservare bene, anche se da dietro il grosso vetro, la strada che percorreremo. Dopo circa un'ora, ecco il massiccio spuntare davanti ai miei occhi. Sembra un grande muro verticale e la nostra strada un rettilineo preciso che va verso questa parete. A mano a mano che ci avviciniamo, il muro che prima era piatto prende forma, si arrotonda, muta, sembra una bocca di lupo e noi dei piccoli insetti che formicolano verso il suo interno. La montagna acquista spazio e dimensioni e noto piccole creste rocciose, gli alberi che si stagliano sopra, poi la roccia che è bruna, grigia, marrone, nera, e in alcuni punti rimane pura, intatta, mentre in altri si riveste di un finissimo strato di peluria verde, rada, che lascia intravedere la terra da cui nasce. Ai fianchi della carreggiata piccoli fiumi sottili scorrono sui ciottoli ai lati, i sassi grigi di grandezze diverse resistono impassibili al moto perpetuo dell'acqua.

Il pullman aggredisce i tornanti, noi andiamo sempre più su e la montagna ora appare finita, scolpita, riesco a vederla bene, tridimensionale, nella sua altezza e nella sua ampiezza. Mi sembra fredda, distante, poco umana. Ma ormai siamo approdati a La Salle. Quando scendo, il conducente mi porge le borse che avevo stipato nel bagagliaio e scherza: «Proprio adatto per la montagna, uno zainetto, un violino e un trolley da città». Poi mi guarda meglio e aggiunge ammiccante: «C'è da dire che anche il suo abbigliamento è perfetto per una scalata in alta quota».

Realizzo che in effetti sono un pesce fuor d'acqua. Ho

una salopette di jeans che mi arriva a metà gamba e una maglietta a righe marinara, ai piedi le mie solite scarpe di tela con i lacci un po' sdruciti. L'autista continua a occhieggiare le mie cosce, ha assunto una posizione da maschio alfa con le braccia conserte e il bacino un po' in avanti, le gambe così divaricate che potrebbe passargli un tronco centenario sotto. Osservo il suo completo blu con il logo della compagnia di trasporti e il gilet troppo stretto sulla pancia, l'abbronzatura troppo marcata, i capelli radi e brizzolati, il viso paffuto di quelli che la domenica vanno a mangiare le lasagne dalla mamma e poi guardano la partita di calcio sul divano.

Mantengo lo sguardo fisso su di lui fino a che lo costringo ad abbassare il suo. Giro i tacchi e lo lascio piantato sull'asfalto. Lo so benissimo che il mio abbigliamento non è adeguato, ma farmelo dire da lui proprio no.

La prima cosa che faccio è andare all'Ufficio del Turismo. Mi accoglie una burrosa signora sui cinquant'anni, tutta sorrisi e gentilezze. Le spiego che è la prima volta che vengo in montagna e che non sono pratica. La cosa deve ispirarle un senso di protezione materna per cui esce da dietro la scrivania e, sfiorandomi la spalla, mi assicura che starò benissimo e che lei ha tutte le informazioni di cui ho bisogno. Quindi passa a mostrarmi la mappa del paesino, a indicarmi i punti di vario interesse, a riempirmi di dépliant e biglietti da visita di hotel, ristoranti, negozi specializzati e quant'altro. Poi controlla sul computer e mi dice, come se avessi vinto la lotteria, che domani ha un posto libero per un'escursione guidata facile facile.

«Oh, guarda!» esclama a un tratto indicando alle mie spalle «il gruppo di oggi è rientrato proprio in questo momento.»

Mi volto e, attraverso il vetro, vedo all'esterno dell'ufficio un assembramento di persone sulla settantina con i visi accaldati e le dentiere bene in vista. Sono abbigliati di tutto punto, loro: scarpe da trekking, cappelli tipo pescatore con cordicella sotto il mento, pantaloni mille tasche in cui senza dubbio dimorano coltellini svizzeri dalle mille funzionalità. La guida parla alzando la voce e richiamandoli all'ordine, nemmeno fossero una scolaresca.

Mi volto verso la signora e, cercando di risultare meno scortese possibile, le dico che questo genere di cose non è esattamente quello che ho in mente. Un po' contrariata lei mi fa: «Va bene, bambina, ma almeno vai a comprarti qualcosa di adatto. La notte qui fa parecchio freddo». E mi mette in mano il volantino di un negozio che vale anche come buono sconto. E due. Ma cosa avranno tutti contro il mio abbigliamento?

Trovo il negozio e mi ci tuffo dentro. Cammino un po' spaesata tra stand di camicie a quadri, scaffali di scarpe dentate e pantaloni mimetici. Tutti i clienti qui dentro sono già abbigliati nello stesso stile del negozio e sembrano perfettamente consapevoli di quello che stanno facendo. Prendo coraggio e avvicino un commesso, mi scelgo quello dalla faccia più rassicurante. Gli spiego che devo partire un po' da zero e lui prende subito a cuore il mio caso. Praticamente sono una bambola priva di volontà nelle sue mani. Decide quali scarpe vanno meglio per il mio livello, quali pantaloni, quali magliette. Fin qui lo assecondo, ma quando cerca di vendermi occhiali avvolgenti e scaldacollo di pile ritrovo un po' di dignità e mi oppongo. Mentre mi dirigo verso la cassa m'innamoro di un paio di guanti senza dita, bucati sul dorso. Li indosso e mi guardo le mani: hanno un che di sexy.

«Quelli non ti serviranno a molto» mi dice il commesso, che a quanto pare continua a tenermi d'occhio. «Sono da scalata.»

«Ah, ok...» Ci penso un po', li rimetto al loro posto, poi me li riprendo. Almeno una cosa che mi piace potrò comprarmela in questo maledetto negozio.

E così, con i miei bellissimi guanti già infilati, esco in strada: zaino, violino, trolley e busta shopping. La quantità di cose che mi porto dietro sta aumentando in modo preoccupante. È ora che mi trovi una stanza.

Frugo nelle tasche alla ricerca degli indirizzi forniti dall'Ufficio del Turismo e chiamo il posto più economico. Niente da fare, sono pieni. Dopo tre tentativi, finalmente trovo un bed&breakfast carino e adatto al mio portafoglio. Si trova appena fuori dal paese, ed è una baita tutta di legno. Quando entro sono investita da un odore di pino e di pulito che mi bendispone, così come il sorriso del vecchietto che viene ad accogliermi. Si chiama Ovidio e la sua barba bianca sembra riprodurre al contrario e in piccolo la cima del monte là fuori.

Mi scorta in camera dandomi una mano con i bagagli, poi mi invita a bere qualcosa giù, appena sarò sistemata. L'idea di una bevanda alcolica mi motiva a cambiarmi in fretta per essere, dopo soli dieci minuti, di nuovo in compagnia di Ovidio. Mi siedo all'angolo bar e, scrutando le bottiglie alle sue spalle, gli chiedo poco speranzosa se si può avere un Bloody Mary.

«Sei capitata nel posto giusto, ragazza» mi risponde cominciando subito a miscelare gli ingredienti. «I miei cocktail sono i migliori di tutto l'arco alpino.»

Poco dopo mi presenta un bicchiere di un rosso sanguigno, decorato con tanto di sedano e olive, che urla "bevimi". Non ho assaggiato tutti i cocktail dell'arco alpino ma devo dire che questo di Ovidio è davvero notevole. Mentre mando giù un sorso dopo l'altro, chiacchiero con lui e gli racconto un po' di me. Mi guardo meglio intorno e scopro che questo posto è anche una libreria. Gli scaffali rivestono le pareti della stanza e sono stipati di volumi, per la maggior parte dedicati alla montagna. Quando ammetto che sono una novellina ma che non ho nessuna voglia di unirmi ai gruppi organizzati di trekking, Ovidio alza un sopracciglio. Per un momento temo che voglia rimproverarmi e invece annuisce solenne: «Giusto. La montagna è un'esperienza solitaria. In tanti ci vengono, ma pochi la capiscono fino in fondo».

Quindi esce dal bancone, va dritto verso uno scaffale e, lisciandosi la barba, comincia a cercare qualcosa.

«Eccolo!» esclama alla fine tutto contento. Tira fuori un volume e me lo presenta.

«Questo sarà la tua guida. Ci sono i sentieri più facili dei dintorni con mappe e descrizioni. Puoi farlo da sola, non ti perderai.»

Mi rigiro il libro tra le mani e già mi piace: la copertina, i caratteri con cui è scritto, l'odore che emanano le pagine. Decido di acquistarlo e me ne vado via felice. Mentre salgo le scale verso la mia camera sbircio fuori e mi accorgo che la montagna è sparita, non si vede perché ha lo stesso colore della notte. È come se avessero spalmato di blu petrolio tutto quello che c'è accanto al rifugio e fosse rimasta solo la casetta. Non ci sono luci, solo le stelle, e ce n'è una che brilla più di tutte; sembra farmi l'occhiolino e dirmi "Vai a dormire, domani ti aspetta un grande giorno".

Ovidio infatti mi ha avvertita: la montagna va affrontata all'alba.

8
Amuleti

Adoro le colazioni perché rappresentano il preludio di un'intera giornata dove ancora tutto è da inventare, fare o disfare. Mi alzo all'alba, ma sono subito sveglia e attiva come un grillo; a un piatto di uova e speck non dico mai di no. Quelle di Ovidio, poi, hanno un che di speciale, il loro odore è venuto a solleticarmi le narici fin dentro il letto e sembrano dirmi "Forza, non c'è un minuto da perdere, c'è un nuovo giorno da addentare".

Mentre sfoglio il libro comprato ieri sera, seduta al tavolo della colazione, servita e coccolata dal mio ospite, mangio con appetito famelico, non mastico quasi, ma sono così elettrizzata che nel percorso del cibo dalla bocca allo stomaco mi sembra di aver già digerito. Ho studiato per bene la mia guida e dopo attente analisi e comparazioni ho scelto il percorso da fare stamattina: la Valle del Trifoglio. Molto facile, poco dislivello, ben segnalato, insomma adatto per principianti.

Ho chiesto a Ovidio cosa ne pensa e anche lui ha approvato. Eppure continuo a sentire una piccola resistenza ad andare, la mia vecchia diffidenza nei confronti della montagna non si è ancora sopita. Trovo la forza per non ordinare il bis e saluto Ovidio. Ci vediamo più tardi, gli dico, mostrandomi più sicura di quello che sono. E una vocina dentro di me vorrebbe aggiungere: "Se non torno tra un paio d'ore chiama i soccorsi, la polizia, i vigili del fuoco, insomma vienimi a salvare".

Con gli scarponi nuovi di zecca ai piedi e i miei bellissimi, inutili guanti alle mani, attraverso il paesino che si sta risvegliando. Dopo un quarto d'ora mi ritrovo davanti al cartello che segnala l'inizio del percorso. Con la cartina aperta in mano faccio un grande respiro e parto lungo un sentiero di terra battuta che si inoltra nella boscaglia. Il rumore dei miei passi mi fa compagnia e, se non fosse per loro, un silenzio antico e inviolato circonderebbe il bosco. Ma più mi addentro e più il silenzio lascia spazio a un mondo nuovo, che non conosco: ora si avverte il crepitio delle foglie mosse da qualche animale, i pezzi di corteccia che cadono sulla terra, il cinguettare degli uccellini. Percorro diligentemente il sentiero senza nessun colpo di testa, senza seguire il cuore, solo le indicazioni. Anche perché il cuore inizio ad averlo un po' in gola adesso che mi giro e non distinguo più il punto di partenza ma solo la vastità del verde.

Dopo un paio d'ore che cammino, anche se ho i pantaloni lunghi e non ho modo di controllare, ho come la sensazione che la circonferenza delle mie gambe sia raddoppiata, sento i muscoli pulsare vivi sotto la pelle tirata, la piega del sedere che si appoggia appena sulla coscia ogni volta che avanzo di un passo.

Accelero senza rendermene conto, ora sto marciando veloce, ho voglia di vedere la fine, di concludere l'anello e arrivare di nuovo in paese, di annusare odori umani e non solo fango, terra e verde. Invece, come d'incanto, giro la curva e il sentiero stretto si allarga in una grande spianata che si estende tutta intorno a me, ricoperta di erba e margherite che spuntano qua e là. In fondo, le montagne si innalzano maestose con le punte innevate.

Mi arrotolo i pantaloni fino al ginocchio scoprendo i polpacci, ho caldo, inizio a sudare, ho una sete tremenda, il sole picchia e scalda la natura risvegliandola dal suo tepore notturno. Il sentiero gira intorno a una roccia e mi ritrovo di nuovo in mezzo al bosco alto, alberi centenari dalla circonferenza imponente. D'un tratto mi rendo conto che i segnali che sto seguendo non sono quelli giusti. Mi guardo intorno alla ricerca delle bandierine bianche e rosse che mi hanno guidata fin qui, torno indietro, vado avanti, ma niente: la Valle del Trifoglio sembra svanita. Credo di essermi distratta nell'ultimo tratto. Ripetendomi di restare calma guardo la cartina del libro, me la giro almeno tre volte tra le mani, tento di leggerla ma non la capisco: i sentieri disegnati iniziano a essere solo linee curve, piccoli serpenti rossi su fondo bianco.

Ruoto su me stessa per vedere se scorgo qualche punto di riferimento che possa aiutarmi, ma vedo solo alberi e ancora alberi, roccia, montagna, neve, natura! Possibile che non ci sia neanche un bar dove poter chiedere? Un benzinaio? Oddio, mi sono ufficialmente persa. Ma niente panico, tiro fuori dalla tasca il cellulare e... non prende. Ecco, questo è un duro colpo per il mio ottimismo. Sono qui, sola in un bosco, senza cibo, senza acqua, senza la minima idea di cosa fare. E meno male che il femminiello di Napoli doveva portarmi fortuna! Cosa mi poteva succedere di peggio? Essere mangiata da un orso? Oddio, gli orsi. Non ci avevo ancora pensato... E se provassi a gridare? Farò la figura dell'idiota, ma almeno sarò salva. Caccio un urlo e tendo l'orecchio in attesa di risposta. Niente.

In preda alla frustrazione, comincio a imprecare e a calciare i sassolini sotto i miei piedi, si alza così un piccolo polverone, starnutisco e quando riapro gli occhi appare, in lontananza, come una visione in mezzo alla nuvola di terra, una presenza umana. Miracolo. Gli corro incontro, sbracciandomi e urlando. Mentre mi avvicino, lo metto a fuoco: è un ragazzo molto giovane, avrà più o meno la mia età, alto, biondo, tenuta sportiva, una voluminosa sacca sulle spalle. Mi guarda sorpreso e mi fa cenno con le mani di rallentare, come a dire "Sono qui, ti aspetto". Arrivo davanti a lui con il fiatone e completamente fradicia, inchiodo a pochi passi e mi libero della felpa con un solo gesto cercando di respirare.

«Scusa, mi sono persa» gli dico nel più diretto e disarmante dei modi, «puoi darmi una mano?» Il mio tono è tra la preghiera e l'imperativo.

Mi guarda con diffidenza, poi dice solo: «Basta seguire il sentiero».

«Ma quale sentiero! Qui è tutto un sentiero» rispondo agitata indicando come una forsennata tutti i segnali che fanno capolino tra un albero e l'altro. «Senti, questo è un labirinto, io non so come tornare, mi devi aiutare!»

Lui rimane pacato: «Guarda, è molto semplice: vedi quella roccia grigia, laggiù?».

Seguo con lo sguardo la direzione indicata dal suo dito ma di rocce ne vedo mille, non connetto, ho il cervello in panne, per me ora è tutto grigio.

«Non capisco… quale?»

Si mette dietro di me in modo che il mio sguardo coincida con la linea immaginaria disegnata dal suo indice e ripete paziente: «Devi girare attorno a quella roccia grigia, quella accanto a quel grosso larice. Una volta superata la curva, trovi un sentiero che devi prendere in direzione ovest, cioè alla tua destra, e da lì è tutta una discesa verso valle, in meno di un'ora sei in paese».

Mi volto e lo guardo come cercando sul suo volto indizi che mi aiutino a decifrare quello che ha appena detto. Assomiglia a un tedesco. O meglio, è come uno immagina i tedeschi: biondi, bianchi, belli, buoni ma decisamente freddi. Lui è molto più alto di me e piuttosto snello, il suo viso è leggermente squadrato, quasi imberbe, ha due occhi color ghiaccio che gli bucano la pelle. I capelli biondi, corti, spettinati e ispidi come aghi di pino.

«Buona giornata.» Mi sorride e se ne va.

Secondo lui io sono salva, tranquilla, al sicuro. Mentre si

allontana, guardo la roccia grigia verso la quale dovrei andare e poi di nuovo lui che si muove nella direzione opposta, sicuro in mezzo al bosco. Lo rincorro.

«Scusa, ma perché non vieni con me?» gli propongo come se fosse la cosa più logica del mondo.

«Non posso» risponde proseguendo con la sua camminata veloce. Io continuo a seguirlo in silenzio. «Guarda che più ti allontani e più sarà lunga la strada per rientrare» mi avverte.

«Se tu non vieni con me vengo io con te.» L'idea mi è appena balenata in testa e la dico senza pensarci, ma mi sembra subito ottima. Preferisco allungare un po' e avere compagnia piuttosto che rientrare da sola.

«Non puoi» dice senza neanche guardarmi.

«Perché no?» lo incalzo.

Questa volta si ferma all'improvviso, e io che sono rimasta qualche passo indietro sbatto contro la sua schiena. Indietreggia un po' prendendo le distanze, mi guarda con la sua severità teutonica: «Perché devo arrivare lassù prima che faccia sera» dice indicando la punta della montagna, «e non è un sentiero adatto a te».

«E tu cosa ne sai? Comunque ho capito, non mi vuoi tra i piedi. In tal caso buona passeggiata e arrivederci, non ho bisogno di te.»

Non ho nessuna voglia di implorare qualcuno. All'improvviso il mio orgoglio ha la meglio sul mio istinto di sopravvivenza. Mi volto e a testa alta me ne torno sui miei passi. Dopo pochi metri sono già pentita e mi giro per vedere se lui si gira, ma niente. Così facendo inciampo su un piccolo sasso, cerco di recuperare l'equilibrio, mi attacco a un arbusto che però si spezza, peggioro la situazione e ruzzolo in avanti cadendo in malo modo. Quando mi rialzo ho tutte le mani sporche e le ginocchia sanguinanti. Mi ricorda tanto quando ero piccola e tornavo sempre con qualche ferita dal parchetto. Peccato che ora sono grande e non c'è nessuno a disinfettarmi i graffi. Che casino… non so con cosa pulirmi, uso la felpa ma prima che riesca ad appoggiarla sulla pelle abrasa qualcuno me la sfila dalle mani.

«Che cosa fai? È sporca. Lascia fare a me.» Il teutone è tornato sui suoi passi.

«Siediti qui» e mi aiuta ad appoggiarmi su un grosso sasso. Mentre è chino su di me un ciondolo gli scivola fuori dalla maglietta e gli penzola dal collo. È un piccolo cristallo di quarzo nero, fissato a una cordicella di cuoio. Lo fisso, poi sposto lo sguardo verso i suoi occhi. Anche lui mi sta osservando e tra noi scorre una tensione improvvisa.

«Sto bene, è tutto ok» dico minimizzando, anche se ormai rivoli di sangue scorrono sul mio stinco.

«Ti fa male?» mi domanda mentre tampona la ferita con una salvietta pulita.

«No» mento. E poi cerco di scrollarmi di dosso l'imbarazzo rifugiandomi nell'ironia: «Ci sono abituata, sono una specialista delle cadute. Ho una tecnica tutta mia, se vuoi te la insegno».

Mi vengono in mente tutte le volte che ho inciampato in città su qualche tombino malmesso. Gli sguardi degli operai. I fischi dei passanti. Quei secondi mentre ti ricomponi che sembrano infiniti.

«Di certo se volevi attirare la mia attenzione ci sei riuscita» commenta rimanendo serio.

Mi aiuta a rialzarmi e mi fa fare qualche passo per controllare che sia tutto a posto. Lo è.

«Comunque io sono Tommaso.» Mi porge la mano, faccio per dargli la mia ma mi accorgo che ho il guanto tutto sporco di terra. Sto per tirarla via ma lui me la afferra subito, la trattiene nella sua e se la guarda come fosse un animale strano: «Che ci fai con questi?».

«Niente. Li ho presi solo perché mi sembravano carini.»

Finalmente lui sorride. È bello, quando sorride, Tommaso, anche se poi torna subito serio, come chi ha un pensiero più importante o una missione più urgente a cui dedicarsi. Mi stuzzica il suo contegno ombroso e grave, mi fa venire voglia di scombinargli i piani.

«Comunque, io sono Lavinia» dico sorridendo e lo sorprendo con due baci sulle guance. «Da noi, in Spagna, si usa così» gli spiego dopo.

Lui si prende qualche secondo per capire che tipo di reazione avere, poi decide di ignorare la mia provocazione e si volta, pronto a riprendere la marcia.

«Dobbiamo sbrigarci, abbiamo perso almeno mezz'ora.»

«Questo vuol dire che posso venire con te?» domando speranzosa.

«Sei già rimasta indietro» risponde senza nemmeno fermarsi.

Recupero di corsa lo svantaggio e mi metto al suo fianco. Camminiamo per un po' in silenzio, io mi sforzo di stare al suo passo, anche se va veloce e non si cura molto di me. Procede con lo sguardo dritto, concentrato, senza quasi guardarsi intorno, come chi cammina non per piacere ma per raggiungere una meta. Io invece provo a godermi il paesaggio intorno. Ci provo, almeno, anche se a me pare alquanto ripetitivo, quasi noioso. Non so distinguere le piante, non conosco il nome degli alberi e se vedessi un animale penso che avrei più paura che altro. Potrei chiedere a Tommaso, sono sicura che conosce tutto e potrebbe spiegarmi, ma per lui devo essere come una mosca antipatica, è meglio non stuzzicarlo. Però mi sta simpatico perché è autentico, non cerca di piacere a tutti i costi. Dà l'idea di sapere quello che fa, uno che quando vuole una cosa se la prende e basta.

Canticchio una melodia dentro la mia testa, giusto per farmi compagnia.

Il mio proposito di restare in silenzio dura solo cinque minuti, poi non resisto: «Dove stiamo andando? Cioè, ho capito che andiamo lassù, ma perché? Che cosa c'è?».

Dopo qualche secondo di silenzio, quando ormai ho perso ogni speranza di ottenere risposta, inizia a parlare senza voltarsi: «Il sentiero che stiamo percorrendo si chiama il Dente del Gigante».

Non perdo tempo e approfitto di questa inaspettata apertura: «Perché si chiama così?».

«Non ti piace la montagna ma saresti perfetta per la vita alpina, non ti arrendi mai» dice sospirando e poi risponde: «Questo nome gli è stato dato in onore di Gargantua, un gigante buono, molto curioso e amante dei viaggi. Così grande che a ogni movimento la mole del suo corpo andava a spezzare la terra facendo nascere le montagne che ci circondano. Amava così tanto le Alpi che prima di morire chiese che il suo corpo venisse distribuito in diversi luoghi. Un dente è stato incastonato nel massiccio del Monte Bianco. È un amuleto che protegge gli abitanti della zona dagli spiriti cattivi. Lo puoi vedere da qui».

Ci fermiamo su uno spuntone di roccia e mi indica la punta della montagna che pare proprio il canino di un gigante. Siamo spalla contro spalla e un refolo di vento mi porta alle narici l'odore segreto del suo sudore. È buono, sa di vita. Quando mi volto verso di lui noto di nuovo il piccolo pezzo di cristallo che gli penzola dal collo.

«Anche questo è un amuleto?» dico prendendolo tra le dita. È bellissimo, nero con delle striature rosa di diverse tonalità. Tommaso lo afferra dalle mie mani e se lo rinfila dentro la maglietta.

«Andiamo. Si sta facendo tardi.» Di nuovo il ragazzo serio dell'inizio, scostante e misterioso.

Camminiamo per un bel pezzo senza parlare. Non oso più fargli domande, intuisco che è tutto preso dai suoi pensieri e non vuole essere interrotto. E poi non ho più tanta voglia di chiacchierare: siamo su un sentiero stretto e tortuoso, a strapiombo lungo il fianco della montagna. Alla nostra destra la parete altissima di roccia, alla sinistra una voragine da togliere il fiato. Mi impongo di non guardare giù, di tenere gli occhi fissi sulla schiena di Tommaso, che adesso mi precede, ma percepisco il freddo del vuoto come se il gigante Gargantua si fosse disteso giù con la bocca aperta e un vento gelido provenisse dalle sue fauci millenarie.

Ho un formicolio in pancia, una paura assurda che mi blocca i pensieri e mi fa perdere la padronanza del mio corpo. Mi sento indifesa, piccola, inadatta alla natura, le gambe rigide come bastoni per la tensione, incapaci di rispondere alla testa che ordina loro di muoversi e allo stesso tempo di restare ferme. Tommaso deve percepire qualcosa perché lo vedo voltarsi verso di me un paio di volte. Quando il sentiero finalmente si allarga e si rimette in piano, lui si ferma, tira fuori una borraccia e un pezzo di cioccolato e me li passa.

Bevo e mangio senza esitazione, immediatamente ripagata di ogni fatica.

«Manca poco» mi dice. Lo spero, penso.

In breve ci ritroviamo davanti a una costa rocciosa con pareti a picco.

«Eccoci. Siamo arrivati. Adesso puoi riposarti un po'.»

Mentre mi guardo intorno cercando di capire cos'abbia di tanto speciale questo posto, Tommaso posa lo zaino a terra e comincia a estrarne corde e moschettoni come se lo stesse eviscerando. S'infila un'imbracatura intorno alla vita e vi annoda un'estremità della corda, si prepara a non so cosa. Conta i moschettoni, indossa un casco e strane scarpe rinforzate sulla punta.

Un brivido mi corre lungo la schiena e solo in quel momento mi rendo conto che dalla roccia spuntano piccoli anelli di metallo.

«Che vuoi fare?» domando temendo già la risposta.

«Vado su» risponde come fosse la cosa più naturale del mondo. «Ma sarò di ritorno tra poco.»

Io tremo solo all'idea di vederlo appeso su questo muro altissimo. Vorrei fare qualcosa, prendergli un piede e aiutarlo a scavalcare come si fa con i muretti, ma qui la situazione pare proprio un'altra.

«Posso darti una mano in qualche modo?»

«Sì, rimanendo qui.»

«Non posso tenerti la corda, fare qualcosa? Ti prego...»

Lo dico senza convinzione, non so niente di arrampicata e lui non dà la minima impressione di avere bisogno del mio aiuto. Tommaso però sembra pensarci su e, dopo aver emesso un sospiro, indica i miei guanti. «Mi sa che alla fine ti torneranno utili.»

Quindi tira fuori dallo zaino una seconda imbracatura e me la fa indossare, ci fa passare l'altra estremità della corda attraverso uno strano aggeggio, poi mi spiega che gli farò da sicura mentre si arrampica. Cioè, attraverso un sistema meccanico, il mio corpo farà da contrappeso nell'ipotesi in cui lui dovesse mollare la presa, impedendogli così di cadere nel vuoto. L'unica cosa che devo fare è mollare la corda man mano che lui sale e cercare di non farmi sballottare troppo se all'improvviso si tende. Alla fine, quando me lo chiederà, dovrò aiutarlo a scendere.

«Stai attento» gli sussurro, mentre si avvicina alla parete. Ha affondato le mani in un sacchetto con una strana polvere – «Magnesite» mi spiega – e con le dita bianche accarezza la pietra in cerca di appigli. Un piede dopo l'altro, sembra un geco sulla roccia, i suoi arti si allungano e si contraggono velocemente con grande maestria e sicurezza, come se avesse scalato questo tratto di montagna più volte, come se fosse naturale per lui vivere in verticale con il vuoto sotto i piedi.

Il suo fisico affusolato rivela tutto il suo potenziale, osservandolo da quaggiù pare che i muscoli di ferro delle braccia e delle gambe perdano peso, per favorire l'arrampicata facendolo volare all'insù. È leggero ed elastico, la maglietta evidenzia il pulsare del corpo giovane e atletico.

Ogni tanto mi parla da lassù, come a rassicurarmi. Sembra più socievole mentre è sospeso a venti metri dal suolo rispetto a quando ha i piedi appoggiati a terra.

È quasi arrivato in cima, per un po' fatico a vederlo perché c'è uno spuntone di roccia che mi ostruisce la vista, infine ricompare molto più in alto, distinguo solo il suo casco rosso che si muove come una grande coccinella.

Poi, a un tratto, qualcosa va storto. In un passaggio particolarmente difficile, il piede destro perde la presa, Tommaso si lascia sfuggire un'imprecazione e resta appeso con una mano sola. Io sento il sangue fermarsi nelle vene mentre lo vedo dimenarsi per cercare di recuperare, l'altra mano è all'affannosa ricerca di un appiglio, ma in quel punto la parete è liscia come vetro. Non c'è niente da fare, non trova nulla che lo sostenga e precipita nel vuoto, la corda serpeggia isterica tra le mie mani, facendo stridere il tessuto dei guanti. Chiudo gli occhi terrorizzata, già prefigurando scene atroci di arti spezzati e carne sfracellata, ma immediatamente il meccanismo di bloccaggio entra in funzione, la caduta di Tommaso si arresta qualche metro sotto e io mi sento scagliata verso l'alto da un potente contraccolpo.

Apro gli occhi e vedo Tommaso sospeso nel vuoto, tranquillo, come un ragno sulla sua tela. I moschettoni che ha seminato lungo il suo passaggio hanno tenuto la corda a cui è assicurato. E quella corda, adesso, è il mio legame con lui, la stringo più forte che posso, non gli succederà niente, ci sono io. Mentre cerco stabilità, vengo sballottata qua e là e il ginocchio destro, già malmesso, impatta contro la roccia. Mi esce un urlo strozzato e Tommaso, dall'alto, mi chiede se sto bene.

«Io sì. Tu, piuttosto?»

«Sono vivo. Sei stata grande, Lavinia.»

Non sento più il suo peso e infatti vedo che ha ripreso ad arrampicare, ormai è un puntino lontano. Ho il cuore a mille e da questo momento non lascio più la corda, nemmeno per un secondo, benedicendo i miei guanti e l'impulso che me li ha fatti comprare. Non fosse per loro adesso le mie mani sarebbero a pezzi.

Poco dopo, Tommaso raggiunge la cima. Sosta qualche minuto, non so bene a fare cosa, e poi mi chiede di mollare poco a poco la corda per aiutarlo a scendere. Cala dall'alto dandosi la spinta con le gambe contro la parete verticale, sicuro e spavaldo come un dio sceso dall'olimpo e quando tocca la terra d'istinto lo abbraccio e lo stringo come per paura che voli via. Respiro il suo odore maschile, emana un'essenza virile che contrasta con il suo aspetto da ragazzino, il viso così pulito. Sono contenta che sia di nuovo accanto a me, vivo e vegeto. Noto però che non porta più il suo amuleto al collo e quando si gira verso di me ha gli occhi lucidi, un velo rosso e sottile ricopre le pupille chiare. Non so cosa dire. È lui a parlare: «Grazie».

«Sei sicuro di stare bene?»

«Sto molto meglio, adesso.»

Poi mi prende le mani tra le sue, me le stringe forte, per la prima volta mi guarda negli occhi, sembra che si sia accorto di me all'improvviso.

«Adesso possiamo tornare indietro.» Dice solo questo. Non ha bisogno di aggiungere altro.

Mentre discendiamo la montagna, il ginocchio che ho sbattuto contro la parete di roccia inizia a far male. Prima sono fitte momentanee, poi si fanno costanti, una dietro l'altra a intervalli brevissimi, ogni volta che appoggio il tallone. Tommaso se ne accorge e io non fingo più, credo che la mia faccia parli da sola. Gli dico che mi fa un male cane. Lui si accovaccia ai miei piedi e mi chiede di salire sulle sue spalle.

«Non devi sforzarlo o domani non camminerai.»

«Non vorrai mica portarmi così fino in paese!»

«Lo farei, ma credo sia meglio che ci fermiamo a passare la notte in un rifugio. Ne conosco uno non troppo lontano.»

Sulle spalle di Tommaso mi sento sicura, protetta. Ho come la sensazione che conosca la montagna tanto quanto se stesso. Abbandona il sentiero segnalato per inerpicarsi su un piccolo tratto di roccia, non mi oppongo e per la prima volta mi accorgo della perfezione delle valli che si schiudono sinuose, ricoperte di un manto erboso fitto e lucente, delle montagne possenti, maestose, dell'aria tersa e trasparente. Attraversiamo un torrente, superiamo una cascatella e ci ritroviamo per incanto davanti a un piccolo lago con l'acqua che arriva a filo dell'erba cancellando i confini e facendo in modo che acqua e terra siano tutt'uno. Il rifugio è una baita di legno che sorge a pochi metri. Al suo interno due panche, un caminetto, un tavolo e due sedie. Qualche ragnatela adorna le pareti. C'è odore di montagna anche qua dentro, l'odore della terra fresca sotto la suola delle scarpe. Tommaso mi adagia sulla panca, con un tocco delicato e, cercando di non sollecitare il ginocchio, mi sfila gli scarponi. Sembra quasi incredibile che il ragazzo burbero ed energico di stamattina possa essere così pieno di premure. Ed è ancora più impensabile trovarmi qui: Ravello e

Claudio sono lontanissimi. Eppure un angolo di me è rimasto scottato là, c'è qualcosa che nasce dal mio passato fuori fuoco e sprigiona brutte emozioni sul presente. Ma adesso basta. Allontano l'inquietudine e mi concentro su Tommaso.

«Esco a prendere della legna. Rientro fra poco.»

Mi tolgo anche i calzini e porto una sedia fuori, mi accomodo con i piedi al vento e i polpacci all'aria godendomi gli ultimi timidi raggi di sole che muoiono all'orizzonte. Vedo Tommaso rientrare con la legna in spalla. Pare un boscaiolo nato.

«Accendo il camino, il calore farà bene al tuo ginocchio.»

Respiro le prime boccate d'aria della sera e poi rientro anch'io nel rifugio.

Il crepitio del fuoco si fa già sentire. Ecco, forse questa è l'unica cosa bella che ho sempre immaginato della montagna: stare davanti al fuoco quando cala la sera, quando fuori è freddo, il crepitare delle fiamme, l'odore della legna che si consuma, dell'aria che si intorpidisce.

Mi siedo vicino a Tommaso, mi porge la borraccia dell'acqua.

«Purtroppo non ho del vino. Dobbiamo accontentarci di questo.»

Ho i vestiti tutti bagnati di sudore, mi tolgo la felpa e rimango in maniche corte.

«Se vuoi ho una maglietta pulita nello zaino» dice dandomene una rossa tutta stropicciata. Mi tolgo quella che indosso rimanendo in reggiseno il tempo di infilarmi la sua. Tommaso un po' imbarazzato da questo gesto si gira dall'altra parte. Io me la rido sotto i baffi.

La maglietta mi arriva quasi alle ginocchia. Mi sfilo anche i pantaloni. Finalmente sotto questa tunica improvvisata mi sento libera, sgranchisco le gambe e le dita dei piedi muovendole davanti al fuoco.

«Il mio ginocchio sta molto meglio... credo...»

«Fammi vedere» dice lui girandosi verso di me. Seduti uno di fronte all'altra, mi accorgo che ora le nostre gambe disegnano due V rovesciate, due montagne in miniatura che si incrociano, le ginocchia sono le vette. Tommaso osserva le ferite, le esamina una a una, sono ormai rimarginate e circondate da piccoli aloni neri. Il suo dito sfiora con delicatezza la pelle.

«Fa male?» E i suoi occhi tornano a cercare i miei.

Non mi fa male. Provo quasi piacere a sentire queste piccole fitte martellanti. Il bordo della maglietta scende morbido fino all'inguine scoprendo lo spazio vuoto che si disegna tra le due cosce, un piccolo laghetto ovale e, infine, rivela un accenno di mutande. Non mi ricompongo, mi sento libera come la natura che circonda questa baita.

Ci guardiamo e nel momento in cui il fuoco scoppietta più forte la stessa scintilla scatta tra di noi. È un tremore che si ripercuote anche nel corpo, che lo ravviva e lo desta come un soldatino richiamato alla battaglia. Stendo le gambe tra quelle di Tommaso. Le mie mi ricordano la strada lunga e dritta da cui sono venuta con il pullman mentre le sue le montagne che già intravedevo da dentro la vettura, gli dico.

Tommaso sorride e inizia a percorrermi le gambe dalla caviglia, simulando una macchinina con le dita, imitando il rumore di un motore. Gli prendo l'altra mano e me la porto alle labbra, uso il suo indice come un rossetto per strofinare tutto il contorno in modo preciso poi, quando con l'altra arriva all'altezza delle ginocchia, apro le gambe, creando un bivio. Allora lui posa una mano su ogni coscia e accosta il viso al mio, le sue labbra sulle mie. Ha i palmi un po' ruvidi, forse si è tagliuzzato con i rovi mentre prendeva la legna, li fa scorrere fino al mio sedere, non perde tempo, mi sfila le mutande, mi accarezza la pancia e la vita, risale per le costole fino a prendermi i seni, senza mai staccare le mani dal mio corpo, senza perdersi neanche un centimetro della mia pelle.

Mi stendo sul pavimento di legno, si arrampica su di me come fossi una roccia da scalare. Le sue dita che sembrano piccoli bastoncini di corteccia vogliono indagare ogni fessura e incavo del mio corpo; per lui sono come terra nuova, umida, vergine e per la prima volta da quando sono in montagna stacco il pensiero dal corpo, smetto di controllarlo. Mi faccio esplorare, prendere e controllare. Lui è un rabdomante in cerca di acqua, discende fino alla fonte, mi apre le gambe, sono bagnata, fa scivolare la mano sulla mia noce umida senza fermarsi, intrufolandola poi fino alla fessura che si apre a metà tra le due natiche, in cerca dell'occhiello. Ci infila il suo dito come se avesse trovato un appiglio. Mi irrigidisco mentre lui entra sempre più dentro, perlustrando il mio corpo da attento esploratore, senza dimenticare nessuno spazio, addentrandosi a una profondità che finora non conoscevo. Mi prende il lobo dell'orecchio sinistro tra le labbra, sussurra: «Lasciati andare»; poi si sposta a destra, mi bacia il minuscolo spazio dietro l'orecchio, un altro buchetto inesplorato, mi fa rizzare l'invisibile peluria con il suo alito caldo. Mi sento abbandonata, in balia di quest'uomo che mi inizia a un piacere antico e primitivo come la natura stessa.

Ci togliamo i pochi vestiti rimasti. Non abbiamo niente da nascondere al fuoco. Siamo pelle contro pelle, il suo sesso si erige davanti a me, è la cima del monte, roccia, granito e ghiaccio. Lo prendo in bocca, ho sete e fame, gli faccio sentire il mio calore passando e ripassando la mia lingua sulla punta, apice del suo godimento.

Il mio corpo è un fuscello, lo stelo di una margherita, un rivolo d'acqua, una foglia sottile.

Tommaso mi raccoglie i capelli in un ciuffo come se strappasse erba fresca, mi attira a sé. Ora i nostri visi si sfiorano, ci annusiamo e le due bocche si fondono in un bacio animale, dove le nostre labbra aperte s'incontrano appena perché le lingue lottano per trovare calma, si avvinghiano con forza, non si danno pace. Ansimiamo di piacere, finché Tommaso non mi prende nuovamente i capelli, questa volta tirandomi giù la testa fino a sdraiarmi sulla panca. Sul mio corpo teso guizzano i muscoli contratti. Divarico le gambe sull'asse e lascio penzolare le braccia lungo i fianchi. «Vieni» dico, e osservo Tommaso sopra di me, una bestia di bosco in cerca della sua preda. Fuori la notte ulula, dentro il fuoco divampa. Struscia il suo membro sulla mia pancia facendo contorcere i miei addominali, alla fine entra dentro di me, si muove lento, poi ritmato, poi di corsa. Ci abbandoniamo a un sesso selvaggio e incontaminato. Io godo, lui gode, lui mi fotte e io godo ancora di più. Un grido di piacere squarcia il cielo in due, facendo nascere le stelle. Le fiamme del camino ci accompagnano alte, poi muoiono leggere come piume insieme ai nostri corpi stanchi.

Indosso la maglietta che mi ha prestato, rossa come le mie guance, i capelli li ho raccolti dietro la nuca. Lui si è rimesso i pantaloni e ha tirato fuori dallo zaino pane e marmellata.

Lo addentiamo con gusto davanti al fuoco. Ho ancora i sensi accesi e per questo la marmellata alle more ha un sapore speciale, intenso e fruttato, entra in ogni poro della lingua zuccherandomi il sangue.

Guardo il volto disteso di Tommaso. Sto bene con lui. Mi trasmette quella calma che da sempre mi manca, io che sono alla ricerca perenne di qualcosa che non trovo. Da quando è cominciata questa vacanza sono già successe le cose più folli: prima l'incontro con Claudio, che ancora mi brucia sotto la pelle e mi richiama come un'eco insistente, adesso Tommaso. In un altro tempo e in un altro spazio tutto questo non sarebbe stato possibile. Ma ho deciso di dare un calcio alle paure, ho chiuso in soffitta le domande e i pensieri coerenti, ho deciso di non essere ragionevole e sensata. Ho deciso di godermi questo viaggio.

Guardo Tommaso. Ora che i nostri corpi si sono incontrati, vorrei conoscere la sua anima più a fondo, infilarmi nei suoi pensieri e nei suoi silenzi.

«Posso chiederti una cosa?»

«Dimmi.»

«Che ci facevi sulla cima di quella roccia? Perché era così importante per te?»

Sento il suo corpo irrigidirsi accanto al mio. Il pomo d'Adamo gli guizza su e giù.

«È una storia lunga.»

«Se non vuoi parlarne non fa niente.»

Resta qualche secondo in silenzio, poi il racconto sgorga come acqua pura: «Quella è stata la prima via che abbiamo aperto insieme io e il mio migliore amico, Martino, quando avevamo sedici anni».

Nota la mia espressione incredula, ma va avanti: «Quella parete era vergine, rappresentava una sfida per noi, volevamo essere i primi a domarla. L'abbiamo corteggiata e studiata come una donna difficile, troppo grande per due ragazzini. Abbiamo provato e riprovato finché non siamo arrivati in cima. Lungo il percorso, man mano che salivamo, abbiamo fissato nella roccia i ganci che hai visto oggi, quelli in cui si attaccano i moschettoni. Così, adesso, sono lì per chiunque voglia tentare l'impresa».

«Due bei matti, tu e il tuo amico.»

«Lui lo era più di me.»

Rimango ammutolita. Era?

È Tommaso, di nuovo, a riempire il silenzio: «L'amuleto che portavo al collo era un cristallo che abbiamo trovato insieme in una delle nostre esplorazioni. Ce lo siamo litigati a lungo, poi lui me l'ha ceduto. Oggi gliel'ho voluto ridare, lassù, sulla nostra roccia. Sono due anni che la montagna l'ha inghiottito».

«Com'è successo?» chiedo spaventata.

«Io non c'ero. Era partito la mattina presto per una camminata in alta quota, io non potevo accompagnarlo, avevo altro da fare quel giorno, ma eravamo d'accordo che ci saremmo trovati al rifugio alle sei di sera. L'ho aspettato fino alle sei di mattina, tutta la sera, tutta la notte. Non è più tornato. La montagna, come le bestie, ha un cuore feroce. Quando uno ne capisce la grandezza diventa una passione, poi un'ossessione, non puoi farne a meno. Vorresti far parte di lei, tornare polvere per rinascere montagna. Ma la natura è selvaggia, imprevedibile: quando pensi di conoscerla alla perfezione ti si rivolta contro.»

Lo stringo forte, affondo il viso nel suo braccio. Lui appoggia la testa contro la mia.

«Martino adesso fa parte della montagna, nessuno l'ha mai più ritrovato.»

Restiamo così per un po', gli occhi fissi sul fuoco, senza parole. La storia di Tommaso mi è dolorosamente familiare. So cosa significa questa sofferenza: non c'è solo la perdita ma anche il disagio di essere sopravvissuti a una persona amata.

Le fiamme sono diventate brace, la notte è un manto nero che ha coperto il paesaggio. Ci sdraiamo sul pavimento abbracciati, aggrovigliati come due gomitoli.

Penso che la montagna e il cuore si assomigliano: entrambi non conoscono leggi.

9
500 italiana

Il movimento del treno mi culla i dolci ricordi dei giorni passati in montagna. Sono emozioni e pensieri nuovi, ho la testa appoggiata al finestrino, gli occhi chiusi per mettere a fuoco ciò che ho vissuto. Mi piace ripassare mentalmente il tempo appena trascorso, riviverlo nella mia intimità, notare i particolari delle scene che mentre le vivevo mi erano sfuggiti.

Ripenso a Tommaso, al brivido primordiale che ho provato insieme a lui, alla stanza di legno che ci ha ospitato come una vecchia arca, in cui ci siamo rifugiati al riparo dalla notte. La mattina ci siamo risvegliati con il primo sole, una luce opaca e soffice sui nostri corpi. Abbiamo aspettato che aumentasse di potenza e risplendesse tutta dorata sulla valle, a quel punto ci siamo messi in cammino e abbiamo cominciato una lenta discesa, senza forzare il ritmo dettato dal mio ginocchio ancora un po' dolorante. Il silenzio tra noi non era più un silenzio scomodo, piuttosto un patto tacito fra due persone che si sono scoperte nella nudità dei loro corpi e dei loro cuori. Un silenzio che ha lasciato spazio ad altri piccoli rumori, gli stessi che avevo ascoltato quando, il giorno prima, avevo cominciato il mio sentiero. Questa volta, però, riuscivo a coglierne la poesia, a essere in sintonia con la loro musica. Improvvisamente avvertivo l'esistenza di qualcosa di incontrollabile e magico come la natura, sentivo fondersi, attorno a me, gli elementi principali dell'universo: acqua, fuoco, aria, terra. E io mi sentivo immersa in loro.

Arrivati alla locanda, Ovidio ci ha accolto a braccia aperte, era felice di rivedermi. Si era preoccupato quando si era accorto, la sera, che non ero rientrata. È così che ho sempre raffigurato, nella mia mente, il padre che non ho mai avuto: qualcuno che aspetta la figlia a casa. Quando Ovidio ha visto che ero con Tommaso il suo viso si è aperto in un grande sorriso. Ho accennato alla storia del nostro incontro casuale in mezzo al bosco, ma non ha voluto troppe spiegazioni, per lui l'importante era sapermi al sicuro: «Se sei con il nostro Tommaso non può succederti niente di male. È una delle migliori guide qui in paese, conosce queste valli centimetro per centimetro. Sei stata fortunata a incontrarlo!».

Ovidio ha colto nel segno. È stata una gran fortuna imbattermi in Tommaso. Adesso, ripercorrendo il tempo passato con lui e guardandolo da una certa distanza, riconosco lo zampino del destino nel nostro incontro: senza Tommaso io mi sarei persa sulla montagna, senza di me lui avrebbe azzardato una scalata solitaria, rischiando l'osso del collo. L'esserci trovati in queste situazioni di emergenza ha dato un'impronta fatale a quello che poteva essere un normalissimo incontro. Di colpo siamo diventati importanti l'uno per l'altra. Abbiamo riconosciuto nell'altro l'appiglio necessario per continuare il viaggio e raggiungere i nostri traguardi: per lui onorare la memoria dell'amico, per me vincere la sfida contro le mie paure.

È stato commovente salutarci una volta rientrati da Ovidio. Siamo rimasti per almeno cinque minuti uno davanti all'altra, senza riuscire a staccarci. Continuava a preoccuparsi per il mio ginocchio malconcio, sembrava perdere tempo con domande già fatte pur di non andarsene: «Come ti senti? Starai a riposo? Quando riparti?».

«Sto bene. Riposerò. Credo domani. Voglio ancora godermi un po' la montagna.»

«Ci hai preso gusto. Sono felice. Io oggi ho un'escursione con dei turisti e domattina pure, però se riesco passo a salutarti.»

«Non preoccuparti. Starò bene e tratterò con cura le tue montagne.»

Mentre andava via, lungo la strada, l'ho osservato e ho avuto la sensazione di conoscere i suoi passi da tempo, come se fosse un mio vecchio amico. Chissà, forse lo è stato, in un'altra vita.

Rientrando in camera, invece, la sensazione che ho avuto è stata quella di ripiombare nella mia vita. Valigie, oggetti, vestiti, erano ancora tutti lì, dove li avevo lasciati, tracce di una me stessa di appena ventiquattr'ore prima, eppure diversa, ancora ignara dell'avventura che l'aspettava. E poi, appoggiato a una parete, c'era il violino, silenzioso e misterioso, come una domanda senza risposta. Era lì a darmi il bentornato nei miei casini, a ricordarmi che avevo dei conti aperti con la musica, con mio padre e con Claudio Giarda.

Il treno entra sferragliando in una galleria e i miei pensieri lasciano per un attimo gli spazi aperti della montagna per addentrarsi negli anfratti tortuosi della mia anima. Penso a tutte le cose che mi sono lasciata alle spalle, da cui di fatto sono scappata: la musica e gli anni di studio buttati al vento, il test della clinica che mi dirà del mio futuro, le domande sulle mie radici. Sono tutti buchi neri che prima o poi mi risucchieranno nel loro vortice e questo mio correre è solo un modo per dilatare il tempo, per ritardare l'inevitabile. Ma per il momento questi tre mesi, questi cento giorni, sono solo miei. Ogni tanto mi assale il pensiero della busta che mi aspetta a casa e l'angoscia mi blocca il respiro, torno coi piedi per terra e mi sembra una follia, seguire le orme invisibili lasciate da una ragazza di tanti anni fa su un album ingiallito dal tempo. E invece forse è l'unica cosa sensata, il solo regalo che posso fare a me e a mia madre.

La galleria finisce o semplicemente io torno a percepire la realtà circostante e davanti ai miei occhi, come un miracolo, si disegna la campagna toscana. È qui che mi ha portato stavolta l'album di mia madre. Nella pagina aperta a caso c'era una sua foto in una tipica cornice italiana: una piazzetta con la pavimentazione antica, lei appoggiata a un pozzo in pietra, sullo sfondo un bel palazzo ricoperto di edera romantica. Come sempre, una scritta a penna a certificare il luogo: "San Gimignano, agosto 1987". E questa volta, subito accanto, un'altra frase che mi incuriosisce molto. “Intorno a me l’antico. Dentro di me l’inatteso.”

Osservo il paesaggio fuori dal finestrino, così diverso dall’ultimo scatto che la mia testa ha immortalato: di La Salle ricordo la rugiada mattutina sulle petunie colorate di Ovidio, il campanile della chiesa che spunta al centro del paesino, il bosco folto sui fianchi della montagna, le vette selvagge e imponenti. Ora invece il treno attraversa colline calde e arrotondate, borghi addormentati, campi di grano giallo punteggiati di alberi solitari.

Mi stiracchio, impaziente di arrivare, giocherello con i bracciali che ho al polso, infilo le mani nelle tasche e conto gli spiccioli, infine il mio dito si posa sul piccolo oggetto di metallo che pende da un passante dei jeans. È il ricordo che mi legherà per sempre a Tommaso. Questa mattina, ero già all’interno del pullman che mi avrebbe riportata a Torino, pronto a partire, quando l’ho visto arrivare tutto trafelato. Sono scesa di corsa dicendo al conducente: «Arrivo subito».

«Che bello che sei venuto. Non ci speravo più!»

«Ho fatto una gran corsa. Ci tenevo a darti questo.» Le sue mani hanno agganciato un moschettone verde ai miei jeans. Poi mi ha dato un bacio affettuoso sulla guancia. Io ero confusa per tutte queste meraviglie, lui mi ha detto ridendo: «Che c'è? Ho imparato da te i baci alla spagnola».

Avrei voluto portarmelo via.

«Grazie, è stupendo» gli ho detto guardando il moschettone appeso ai miei jeans. «Sarà un po' come portarti con me.»

«Ora sai che su queste montagne hai un amico che ti aspetta. Quando vorrai, io sono qui.»

Questo pezzetto di metallo che pende adesso dai miei pantaloni ha un pezzo agganciato al Monte Bianco e a Tommaso, è un legame che non dimenticherò mai.

Con uno stato d'animo indecifrabile, in bilico tra la malinconia e la voglia di nuove scoperte, scendo alla stazione di Firenze. Fa davvero un caldo infernale: fuori, la strada sembra una lingua di fuoco, l'aria calda e pesante mi fa ballare la vista. La folla di turisti e di automobili appesantisce questo clima torrido. Mi faccio spazio come posso tra macchine fotografiche e valigie di ogni foggia, dribblo panchine e edicole per cercare il capolinea dei pullman. Firenze alle due del pomeriggio è una città di residenti dormienti e turisti all'attacco.

Davanti alla stazione c'è un piccolo spiazzo erboso, sul

quale alcuni viaggiatori si sono stesi arrotolando i loro indumenti il più possibile, rendendoli costumi da bagno urbani. Bevo da una fontanella verde, mi sciacquo le mani e mi butto un po' d'acqua sul collo per rinfrescarmi. Cerco speranzosa qualche indicazione per le linee di trasporto extraurbano. Io che ho sempre odiato l'aria condizionata ora non vedo l'ora di salire sul pullman per San Gimignano e prego che sia climatizzato con aria gelida. Mentre cammino verso la piazzola osservo la città da lontano ma la calura incenerisce sul nascere qualunque idea di addentrarmi.

Leggo gli orari dei pullman, il prossimo è fra tre ore. Fantastico, penso, mentre faccio scivolare a terra le valigie. Proprio oggi iniziano le riduzioni dei servizi: orario estivo. Tiro fuori il cellulare e vedo che c'è una tacca di wi-fi, è una misera tacca, ma è sufficiente per navigare. Mi connetto alla app di BlaBlaCar. Non l'ho mai usata ma Laia, che fa la spola tra Barcellona e San Sebastián quasi ogni santo weekend per andare a trovare il suo fidanzato (santa lei!), me ne ha sempre parlato bene e una sera, mentre eravamo ubriache, me l'ha fatta scaricare: non si sa mai, ha detto. Inserisco punto di origine e punto di arrivo e appaiono ben due macchine in partenza; quella più vicina a me ha ancora un posto libero. Scrivo subito a questa Silvia: "*¡Hola!* Sono una ragazza spagnola, dovrei andare a San Gimignano. C'è posto?".

"Ciao, quante valigie hai?" La risposta è quasi immediata.

Guardo le mie valigie e vorrei rispondere una, invece mi tocca digitare: "Ho una valigia e un violino, la sua custodia è grande come un trolley. Poi ho uno zaino ma può stare sulle mie gambe".

"Va bene, non c'è problema. Dove ti trovi?"

"Alla stazione Santa Maria Novella."

"Ok. Aspettami davanti all'entrata principale, fra venti minuti sono lì."

Faccio come mi dice. La connessione è andata via proprio mentre le stavo per chiedere il modello della macchina. Osservo tutte quelle in arrivo in attesa della mia. Chissà come sarà. Bianca, verde o rossa? Mentre m'immagino la bandiera tricolore, ecco arrivare con un gran fracasso una 500 gialla, primo modello, carinissima. Alla guida una donna di mezza età, capelli corti e occhiali da sole calati sul naso. Si ferma davanti a me e tira giù il finestrino.

«BlaBlaCar?»

«Sì!» rispondo subito.

«Sali pure, le valigie puoi metterle sui sedili posteriori, il bagagliaio è rotto.»

Noto subito un bozzo sulla fiancata. Avrà una guida spericolata? Devo dire la verità: io, di macchine, non ci ho mai capito niente. Questa però mi sta simpatica. Non so se è un aggettivo che si può usare per una macchina, forse lo penso perché è la donna al suo interno a darmi quest'impressione.

«Permesso» dico entrando, poi penso di aver fatto una gaffe perché non le sto mica entrando in casa. Però l'abitacolo dell'auto è comunque uno spazio privato e come l'ingresso di un'abitazione ti dà una sensazione di intimità, ti fa capire che tipo di persona è chi lo occupa. Ci sono ingressi pieni di chiavi, biglietti da visita di ristoranti, altri con cartoline di posti lontani mandate dagli amici, altri ancora sono austeri, con solamente un tappeto e un portaombrelli. Nella mia casa invece l'ingresso non c'è. Si entra direttamente nel cuore, subito dritti al punto.

Silvia mi sorride divertita. Ha circa quarantacinque anni, le ginocchia che toccano il volante, pantaloni a zampa e camicia di seta, collana di perle, grandi boccoli rossi, matita nera a sottolineare il taglio orizzontale degli occhi. La sua macchina è decisamente stretta per una signora come lei, se ne sta tutta rannicchiata in avanti. I finestrini sono abbassati. Guida sicura uscendo dalla città e, mentre con una mano tiene il volante, con l'altra spinge lo sportelletto del cruscotto ma questo continua a cadermi sulle ginocchia. Si chiude e al primo scossone si riapre. Dentro ci sono alcuni cd, il libretto di circolazione e un mazzo di chiavi che continua a sballottare a destra e sinistra accompagnando il rumore del motore. Niente radio. Dopo vari tentativi, Silvia lo lascia aperto.

«Scusami, ma è proprio rotto.»

«Non c'è problema. Anzi, grazie del passaggio. Avrei dovuto aspettare l'autobus per altre tre ore.»

«Mi piace avere compagnia. Mi hai scritto che sei spagnola, giusto?»

«Sì, di Barcellona.»

«Ah, quindi forse dovrei dire catalana?»

«Esatto. Lei è una delle poche che fa questa distinzione: di solito la gente pensa che il catalano sia un dialetto.»

«Innanzitutto dammi del tu, se no mi fai sentire addosso il peso degli anni. Riguardo al catalano, adoro il suono spezzettato che ha, una musicalità tutta sua. Ho passato le mie migliori estati in Costa Brava, a me e mio marito piaceva molto andare agli inizi di giugno.»

«Sì, è davvero bella a inizio stagione. Ora avete cambiato meta?»

Mi guarda con dolcezza. «No, semplicemente abbiamo preso due strade diverse. Ora le nostre estati non s'incrociano più. Siamo divorziati, ma felicemente in equilibrio» conclude facendomi l'occhiolino.

Durante il tragitto parliamo un sacco, Silvia è frizzante e allegra, ha una personalità colorata come la sua macchina e i vestiti che indossa. È una giornalista di moda con la passione per il giardinaggio. Mi racconta della casa nella campagna toscana, un'antica cascina che nei primi anni di matrimonio lei e suo marito, Ernesto, hanno ristrutturato con amore e dedizione, durante i weekend. Appena uscivano dal lavoro, mi racconta, si fiondavano là. Lei passava tutta la domenica a curare il giardino, lui a sistemare qualche porta cigolante o a piallare il legno delle finestre. Poi hanno iniziato a saltare qualche weekend, le piante del giardino sono sfiorite, sono spuntate ragnatele negli angoli più bui, quando aprivano la porta d'entrata faceva freddo perché lasciavano passare troppe settimane tra una visita e l'altra. Tutto si era raffreddato.

«L'entusiasmo dei primi tempi era svanito… in tutti i sensi, capisci?» mi dice in tono confidenziale.

«Mi spiace» commento. E mi spiace veramente. Penso che sarebbe bello se l'amore durasse sempre e bastasse da solo a tenere insieme due persone. Mi vengono in mente mille domande che avrei sempre voluto fare a mia madre: perché si sono arresi, lei e mio padre? Se si amavano davvero, perché non hanno lottato per restare insieme? Forse il sentimento non era abbastanza? Le ragnatele hanno coperto anche i loro cuori? Non lo saprò mai, ora è troppo tardi per le spiegazioni. Lei non c'è più, lui non c'è mai stato.

Silvia ribatte subito distogliendomi da questi pensieri.

«Non dispiacerti. A volte le cose prendono una piega diversa da come ci eravamo immaginati. L'importante è saperle custodire bene, con cura, senza lasciare che si stropiccino.»

Sorrido. Non commento mai le cose che non ho vissuto. Preferisco ascoltare, evitare opinioni superficiali. E poi Silvia sa raccontare benissimo.

«Anzi» aggiunge ammiccando, «negli ultimi anni ho fatto ancora qualche scappatella con Ernesto. È stato divertente perché inaspettato ed era quello che ci eravamo persi per strada, la sorpresa. Io credo che la felicità non sia altro che questo: la possibilità di sorprendersi. Non credi?»

Ci credo e nel mio piccolo, in questo viaggio, anch'io sono alla ricerca di qualcosa che mi sorprenda. È l'unico modo che conosco per sentirmi viva.

È sempre stato così, anche in passato. Ho rifuggito spesso le situazioni noiose, soprattutto con l'altro sesso e molte volte le relazioni sono diventate buchi nell'acqua. Se penso agli ultimi due ragazzi con cui sono uscita mi viene da ridere. Jordi aveva dalla sua un fisico da surfista invidiabile, ma poi mi scriveva cento messaggi al giorno su whatsapp. Tutti di una banalità disarmante. Ho scoperto che era appiccicoso come la pece, e questa è una cosa che proprio non sopporto. Martí è stato tutto il contrario, sfuggente. Quando l'ho invitato a salire da me la prima volta non riusciva a rilassarsi. Il sesso con lui era molto divertente, liberatorio ma, appena finito, tornava sulle sue. E dopo qualche mese a rincorrerlo mi sono annoiata a morte.

Se penso che ora, in poche settimane, ho incontrato prima Claudio e poi Tommaso. Forse è vero che bisogna buttarsi per fare gli incontri giusti. O quelli sbagliati. Di sicuro però mi sto lasciando stupire.

La 500 attraversa la campagna toscana mimetizzandosi con il giallo dei campi di grano ai lati della strada. Sono contenta che Silvia abbia scartato l'idea di prendere l'autostrada: il panorama lungo la statale è incantevole. Le colline hanno una forma così dolce e rassicurante, sembrano dorsi di animali docili, il vento entra caldo da fuori e anche se i sedili in pelle mi si appiccicano alle cosce mi sento cullata dal movimento delle curve. Le spighe di grano si muovono al nostro passaggio facendoci un inchino; in lontananza i campi lavorati creano una geometria insolita per la natura, strisce regolari che si moltiplicano lungo la campagna. Gli alberi sono piantati secondo criteri precisi. L'intervento dell'uomo è evidente su questo paesaggio, ma è silenzioso, rispettoso, sembra prendersene cura senza disturbarlo, solo per farlo stare meglio.

«Parlando di sorprese...» Silvia tira fuori una multa dal vano laterale della portiera e me la passa. «Per favore mi leggi cosa dice? Non ho avuto il tempo di aprirla, stamattina.»

Apro la busta che contiene un verbale per eccesso di velocità. Scopro così che Silvia ha una figlia, Carolina, diciotto anni, studentessa al liceo classico e nel tempo libero guidatrice spericolata. Ha appena preso la patente ma sta ancora facendo pratica e infatti lei e sua madre approfittano sempre quando sono in campagna per migliorare la guida.

Silvia sta andando a prenderla nella cascina, dove è rimasta con il padre per una settimana, mentre lei era via per lavoro. Passeranno qualche giorno tutti e tre insieme, ogni tanto lo fanno, ormai sono come vecchi amici. Anche se Carolina preferisce avere intorno solo un genitore alla volta: tutti e due insieme sono davvero la peste, come direbbe lei.

A mano a mano i campi di grano hanno lasciato spazio alle vigne, noi siamo quasi arrivate a San Gimignano: in contrasto con il cielo azzurro, molteplici torri svettano sul panorama estivo, alcune più alte delle altre con diverse sfumature di colore, dal più chiaro al più scuro, dal color nocciola al marrone ruggine. Silvia mi lascia vicino alla piazza e mi dà le indicazioni per arrivare al bar dove fanno a suo dire la migliore limonata del paese. Quando sto per pagare agita la mano in segno di rifiuto mentre con l'altra tiene la portiera aperta, che altrimenti si chiuderebbe perché è un po' rotta anche quella.

«Neanche per scherzo! Mi ha fatto piacere accompagnarti. Tieniti i soldi per una bella cena stasera.» Poi guardandomi meglio aggrotta le sopracciglia e con un fare inquisitorio aggiunge: «Gli dai da mangiare a questo figurino, vero? Sei un po' troppo magra per i miei gusti».

Tutte uguali queste mamme: con la mia, la stessa solfa

per ventisei anni di fila. Potevo mangiarmi anche un bue, per lei non era mai abbastanza. Le assicuro che l'appetito non mi manca e che non sono in regime di privazioni, tutto al contrario! La ringrazio ancora mentre mi carico i bagagli in spalla e lei è già intenta a svuotare la macchina di cartacce e scontrini.

Da quel poco che ho visto, Silvia è una di quelle persone che non riescono a fare una sola cosa alla volta, deve tenere ogni parte del corpo perennemente impegnata.

«Fai buon viaggio, Lavinia! E stai attenta.»

Mi incammino verso il bar che mi ha consigliato e mi sembra di entrare in un set cinematografico. Do un colpetto a un edificio per assicurarmi che sia vero, di pietra e non di cartone. Non vorrei che a un certo punto crollasse tutto. San Gimignano ha conservato esattamente l'atmosfera che respiravo guardando la foto di mia madre. Edifici di mattoncini rossi, finestre ad arco e edera rampicante a adornare queste meraviglie. Le insegne anni Cinquanta di vecchie latterie e piccoli negozi danno un tocco nostalgico alle facciate medievali. Attraverso vie strette arrivo a una piccola piazza tonda, dove il campanello di una bicicletta mi risveglia dal mio torpore. Mi scanso e scorgo il bar di cui mi parlava Silvia: Caffè del Trecento. Mi siedo in un tavolino all'ombra, anche se il sole ne sta già divorando gli angoli.

«Buonasera, cosa desidera?» Una cameriera dal forte accento inglese è già pronta con il suo blocchetto. Avrà circa la mia età. Porta i capelli corti a forma di fungo, pelle bianchissima cosparsa di tante lentiggini come minuscole briciole di pane profumato, dalle orecchie pendono due cerchietti dorati, le labbra color vermiglio. Ordino una limonata e la cameriera sembra contenta, dice che è la sua preferita e che ormai nessuno la ordina più perché vogliono sempre e solo gelato.

«*Indeed Italy is ice-cream and coffee*» affermo. Sorride, forse divertita dal mio inglese. Si infila la penna dietro l'orecchio e rientra nel locale schivando gli spigoli dei tavolini, ondeggiando i fianchi nascosti da un piccolo grembiule nero, sopra la minigonna, e mettendo in mostra un paio di gambe magre color burro. Sono catturata dalla sua presenza eterea ed evanescente. Le donne, quando sono belle, sono più belle degli uomini perché hanno diversi punti sui quali l'occhio può soffermarsi. La loro struttura è più complessa, come un edificio a più piani, il primo, il secondo, ma anche la cantina, il sottotetto. Angoli nascosti e segreti, una complicazione maggiore che rende tutto più difficile e, quindi, più affascinante. La maggior parte delle volte, quando cammino per strada, il mio sguardo è catturato dalle donne piuttosto che dagli uomini perché il loro aspetto, il loro abbigliamento, il loro modo di muoversi mi racconta sempre infinite storie.

Di nuovo il suono del campanello di una bicicletta mi riporta alla realtà, i miei occhi accompagnano il suo passaggio, è verde con un cestino di vimini, ma nel seguire la sua traiettoria m'imbatto in un cartellone pubblicitario appeso su un lato della piazza. Metto a fuoco l'immagine, poi il testo mischiando lettere e numeri perché sto leggendo tutto così velocemente che ho la testa che mi fuma. Annuncia il concerto di Claudio Giarda. 30 giugno. Firenze. Tra una settimana. Il cuore comincia a bussarmi dentro al petto come un forsennato. Stai zitto, gli dico, non c'è motivo di agitarsi tanto, ma non c'è niente da fare. Bum bum bum. Claudio è in tournée, ecco perché si trova in Italia. E la prossima tappa è a pochissimi chilometri da qui. È un'ottima occasione per ridargli il suo violino, mi dico, e dirgli in faccia che il suo regalo non era per niente gradito e che, anzi, mi ha causato più disagio che altro. Nella testa mi ripeto queste cose ma intanto il cuore, là sotto, continua a battere e se la ride come un dannato.

La cameriera appoggia la limonata sul tavolo e richiama la mia attenzione. Indica la custodia che, quasi senza accorgermene, stringo tra le mani.

«Sei una violinista?»

«Lo ero.»

«È uno strumento meraviglioso, la sua forma è così femminile. Staresti benissimo a suonarlo. Saresti come una donna che suona un'altra donna.»

Rimango colpita da quest'immagine così poetica, mentre un gruppo di turisti le fa un fischio per chiamarla. Mi guarda come a dire "trogloditi". Penso la stessa cosa. Pago e mi alzo decisa ad andare all'Ufficio del Turismo a comprare il biglietto per il concerto del grande Maestro. Sono così contenta che fra poco mi libererò del violino che non faccio neanche caso al prezzo. Potrebbe costare un occhio e un rene e li darei volentieri. Questo pezzetto di carta stampata è il mio viatico verso una grande soddisfazione. Me lo infilo in tasca e vado verso l'ostello che ho prenotato su Booking.com. Quando ci metto piede, ho subito una brutta sensazione. Un uomo grasso e puzzolente con i capelli unti e la maglietta piena di macchie mi saluta senza distogliere lo sguardo da un piccolo televisore che ha appoggiato sul banco.

«Ho prenotato una stanza» dico facendomi coraggio.

Mi accompagna al primo piano, mi fa vedere la camera, in condivisone con altre tre persone, un tanfo di piedi e ascelle invade immediatamente le mie narici. Poi il bagno: le docce hanno le tendine di plastica luride con alcuni anelli mancanti, tutte sgangherate e penzolanti, il lavandino ha incrostazioni che sembrano risalire a ere geologiche lontane. Non sono di certo la principessa sul pisello, ma io qui non riesco a dormirci. Annullo la mia prenotazione e mi defilo. Torno di nuovo all'Ufficio del Turismo per connettermi al wi-fi. Cerco su Booking.com un'altra sistemazione ma non trovo niente di abbordabile, è tutto pieno e rimangono solo antichi casolari con piscina stupendi ma che non posso permettermi. Soprattutto non dopo essermi svenata per il concerto di Claudio. Che rabbia. Adesso vorrei proprio tirarglielo dietro, il violino. Sono scomoda e sudata, qui dentro non si respira, rimetto in tasca il cellulare, mi carico per l'ennesima volta armi e bagagli e torno nel bar di prima imprecando contro il mondo intero. Mentre mi siedo, vedo che la cameriera inglese sta riponendo il suo grembiule in un cassetto, deve aver finito il turno, ma quando mi vede dice al suo capo che prenderà lei l'ordinazione.

«Ciao di nuovo. Un'altra limonata?»

«No, un Bloody Mary. Ho sete di sangue, adesso» rispondo accigliata.

«*What happened?*»

«Intanto non so dove passare la notte. Ma sono dettagli. In realtà la cosa è molto più complicata di così...»

«Mi dispiace... *I'll come back with your Bloody Mary in a minute.*»

Mi connetto alla rete del bar e continuo a cercare come una disperata sul cellulare. Si sta facendo buio e, più i minuti passano, più le probabilità di trovare una sistemazione diminuiscono. La cameriera torna con il mio bicchiere bello rosso e me lo appoggia sul tavolo. Invece di andare via, però, rimane in piedi davanti a me, giocherella col vassoio appoggiandoselo al petto.

«Trovato qualcosa?»

«Be', di posti ce ne sono... peccato che per andarci dovrei accendere un mutuo» rispondo senza quasi staccare la faccia dal display.

«Perché non ti fermi da me?»

A quel punto alzo la testa e la guardo, non sono sicura di aver capito.

«Puoi stare da me, se ti va» ripete lei convinta. «La mia coinquilina sta via per un mese e la sua stanza è libera.»

«Be', sarebbe stupendo...» E sento una profonda gratitudine prendere il posto della rabbia.

«*Great!*» E mi porge la mano a sigillare l'accordo.

«Grazie.»

«*You're welcome.*»

«Io mi chiamo Lavinia.»

«*I'm Hannah.*»

10
Picchio rosso

Casa di Hannah, interno sera. Una mansarda composta da un angolo cottura, un soggiorno quadrato, un bagno con vasca, due camere singole. L'ingresso: un attaccapanni sommerso da cappotti invernali e cappelli di paglia, alcune scarpe sparpagliate e una bicicletta appoggiata al muro.

Sono seduta sul futon blu coperto da un telo a stampa etnica. Mi viene in mente il mare. Io ne ho uno simile che uso come asciugamano. Hannah sta improvvisando un'insalata.

«Ti piacciono i semi di papavero?» mi urla dalla cucina. Mi piace il suono che il suo accento conferisce a ogni parola.

«Sì, sì.»

«E quelli di girasole?»

«Quelli che vuoi.»

Mi andrebbe bene anche una fetta di pane nero. Sono così felice di aver trovato lei e che stanotte dormirò in un letto confortevole! Davanti a me, pile di libri che partono dal pavimento e si erigono storte lungo la parete, simili alle torri del paese. Cerco di mettere a fuoco qualche titolo, sono quasi tutti in inglese.

«Di dove sei?» chiedo.

«Edinburgh! Ma ho vissuto a Londra gli ultimi anni.»

«*If you want we can speak English*» dico mentre mi vengono in mente le lezioni con Mr. Flicktone, in facoltà. Un uomo sulla sessantina che aveva molto a cuore la pronuncia. In uno dei primi esami mi fece ripetere *although* almeno dieci volte.

«*Oh dear, thanks a lot but* ho bisogno di parlare italiano. Mi sono promessa di migliorarlo entro settembre. Devi aiutarmi.»

«Be', allora ti sei *ri*promessa» dico entrando in cucina. Hannah ha le mani infarinate, e scansandosi un ciuffo dal viso si è sporcata la fronte. «Comunque sei a un ottimo punto. Che succede a settembre? Hai un esame?»

«Mi hanno presa in una residenza artistica a Firenze e voglio sapere l'italiano per poter lavorare bene. Per questo sono venuta prima in Italia, è da maggio che sono qui.»

«Sei un'artista?»

«Sono una fotografa, ma anche pittrice. Rielaboro le immagini che scatto dipingendo sulla stampa. Così, vedi?» E mi indica alcune immagini sul frigo e sul muro della cucina. Sono scatti in bianco e nero, principalmente volti e corpi in primo piano che l'intervento di un pennello ha trasformato in creature fantastiche. Piedi che diventano profonde radici conficcate nel suolo, capelli che si espandono fino al cielo, ventri che si schiudono mostrando nuovi mondi, occhi che diventano fiumi. Sono estasiata dalla fantasia di Hannah, a metà tra realismo e magia.

Però lei non sembra volersi soffermare troppo sulle sue opere: «Sto preparando un dolce per domattina. Torta allo yogurt e carota» dice cambiando subito discorso. «È la prima volta che provo a farlo, spero che verrà bene.»

Percepisco che non è il caso di fare domande e l'assecondo spostando l'attenzione sul cibo. Ceniamo sul balconcino in un tavolo tondo, talmente piccolo che i bordi dei piatti si toccano; la ciotola dell'insalata l'abbiamo appoggiata per terra tra i vasi di basilico e menta. Accompagniamo l'insalata con degli ottimi formaggi e del pane di segale. Beviamo vino rosso e poca acqua. L'estate è ai nostri piedi, gente in pantaloni corti e canottiera, gelati dopo cena, bambini svegli fino a tardi. In questa stagione c'è più gioia, la felicità si protrae più a lungo occupando le prime ore del giorno e le ultime della sera, si dorme poco. L'estate è un sentimento di pienezza che, come il sole, ha vita più intensa e duratura.

Finita la nostra cena, Hannah sposta il tavolino all'interno e torna sul balcone con una canna. Posizioniamo le due sedie in modo da goderci la visuale sui tetti, lei appoggia i piedi sulla balaustra, come fosse distesa su un'amaca, io mi rannicchio sulla sedia. I nostri corpi, visti dall'alto, disegnano un punto e virgola. Restiamo sospese in questa breve pausa: un vento leggero che ci accarezza le gambe, una luce che si spegne nel palazzo di fronte, il sottofondo di un programma tv a premi. Guardo Hannah e lei guarda me. Un tiro, poi un altro, un sorriso e poi un altro. La mente viaggia.

«Immagina se ci fosse una piscina proprio qui sotto» dico mentre simulo il volo di un uccello con le braccia aperte. «Non sarebbe bellissimo?»

«Ho un'idea!» risponde Hannah improvvisamente illuminata.

«Cosa...?»

Senza lasciarmi nemmeno finire mi prende la mano e si alza, faccio appena in tempo a infilarmi le ciabatte che stiamo già scendendo le vecchie scale del palazzo. Attraversiamo la piazzetta, andiamo così veloci che non riesco a mettere a fuoco le persone, vedo solo macchie del colore delle loro magliette, rosse, blu, verdi, un quadro puntinista. Come se fossi una miope che ha scordato gli occhiali. O forse è l'effetto della canna. Riesco solo a concentrarmi sulla mano di Hannah che stringe e trascina la mia, come fossimo due anelli di una stessa catena. «Dài, *come on*» mi incita mentre cammina veloce davanti a me tirandomi il braccio. Ci infiliamo nelle viuzze di San Gimignano, strette e labirintiche, e ora mi sembra che gli edifici appartengano a una scenografia, o siano castelli di carte tutte spiegazzate e noi due qui in mezzo a sgattaiolare come cani randagi in cerca di un osso. Corriamo non so per quanto, forse poco, forse molto. Ci troviamo davanti al cancello di una villa da cui spuntano i rami contorti di un gelsomino con i suoi fiorellini bianchi che profumano di casa pulita. I vasi di terracotta che adornano l'entrata fanno da sentinelle a questa notte, ma non incutono paura.

«Guarda.» Hannah mi prende per la vita e mi sposta come fossi una pedina davanti allo spazio vuoto tra una sbarra e l'altra. «Guarda dentro» insiste.

Io infilo l'ovale del viso in mezzo alle sbarre e come una carcerata all'incontrario osservo l'interno della villa.

È buia e silenziosa, sembra addormentata, però il giardino che la circonda mi pare più vivo che mai, le cicale friniscono e le lucciole s'illuminano a intermittenza, il salice piangente danza libero, mentre l'irrigazione automatica bagna l'erba creando raggi d'acqua che si incrociano. Ma a risplendere su tutto è la piscina che si staglia rettangolare in mezzo al giardino, aprendo una voragine liquida nel terreno. Luccica di un azzurro chiaro, con i fanali tondi che la mettono in mostra come una languida diva.

«Scavalchiamo!» sussurra Hannah al mio orecchio.

«Sei sicura che non ci sia nessuno?»

«Sicura. I proprietari non vengono mai.»

Non voglio sapere altro. Con gli occhi sto già cercando un punto adatto sul muro di recinzione che sarà alto almeno due metri. Lo trovo. Salgo io per prima issandomi sulla sella di un motorino parcheggiato proprio lì sotto. Vorrei essere brava come Tommaso, penso mentre mi arrampico, ma creatività e determinazione non mi mancano. Mi aggrappo al bordo e faccio leva con i piedi su una piccola rientranza, mi sollevo con uno sforzo che mi sembra immane ed eccomi a cavalcioni sul muro. Hannah è subito dietro di me, le do una mano. Guardiamo di sotto: il terreno da qua sembra parecchio lontano. Ci vuole un po' di coraggio per saltare, ma ormai non possiamo tirarci indietro. Ci togliamo le ciabatte e le lanciamo dall'altra parte. Adesso tocca a noi. Uno, due e voliamo di sotto quasi all'unisono.

Atterriamo con un piccolo tonfo sull'erba bagnata dall'irrigazione, ci rialziamo, controlliamo di essere ancora intere, quindi recuperiamo le ciabatte e camminiamo furtive verso la piscina. Siamo attratte dal luccichio dell'acqua come due gazze ladre. Hannah butta la maglietta a terra, poi si sfila la gonna; io mi sfilo i jeans, poi la canottiera. Seminiamo i nostri indumenti lungo il tratto dal muro alla piscina creando un sentiero di vestiti. Rimaniamo in intimo. Lei ha un completo nero che sembra quasi un costume; ha un corpo molto elegante, il busto dritto, i seni pieni, i fianchi che si allargano in una parentesi tonda che poi si chiude sottile sulle gambe. Io indosso solo le mutande, il mio seno è talmente piccolo che non ha bisogno di essere ingabbiato. Si arrotonda appena sopra le costole, poi la pelle continua liscia fino alle clavicole che spuntano con forza. Mi butto per prima, nuoto sott'acqua come una rana, risalgo a galla e trovo Hannah nella posizione del morto che fa una fontanella con la bocca. Anche io mi metto nella stessa posizione e unisco le stelle nel cielo come fossero i puntini di quel gioco che si trova sulle riviste di enigmistica. Viene fuori una strana forma di nuvola seghettata. Hannah mi schizza con l'acqua. Chiudo gli occhi e penso che non vorrei essere in nessun altro posto al mondo.

È mattina e mi sto lavando la faccia nel lavandino. Ripenso agli schizzi di ieri sera nella piscina. Dopo la nostra incursione notturna nella villa mi sentivo piena e appagata, il corpo rilassato. Siamo rientrate tutte fradicie, mi sono buttata sul letto della coinquilina di Hannah senza vergogna, non mi sono neanche svestita, ho solo fatto cadere le ciabatte a terra con un colpo sordo e mi sono addormentata con la finestra aperta e la notte che entrava.

Appena sveglie, Hannah mi ha detto che potevo rimanere fino a quando ne avevo bisogno, era contenta di stare in compagnia. Sono già passati quattro giorni, eppure sono volati. Insieme a lei sto bene, noi donne saremo anche misteriose e complicate, ma quando ci capiamo ci capiamo fino in fondo.

Mi guardo allo specchio e all'improvviso mi ricordo di me davanti a un altro lavandino, in un altro bagno che non era mio, nella stanza di Claudio. Il pensiero di lui ogni tanto torna a visitarmi, senza preavviso, senza un perché, e ormai non mi stupisce quasi più, come un vicino di casa invadente e molesto.

«La colazione è pronta!» La voce di Hannah mi riporta al presente.

Oggi ha il giorno libero e abbiamo deciso di andare a visitare un museo. È un'abitudine che ha preso da quando è in Italia, perché stando tutta la settimana sotto il caldo tra le urla dei clienti le piace andarsi a rifugiare in quei luoghi silenziosi e anonimi, passeggiare tra le statue, ammirare i quadri e le cornici, leggere con calma le biografie degli artisti e le tecniche utilizzate. Eccezionalmente, però, mi propone di andare al museo ornitologico. Non ci è mai stata e nemmeno io. Non sono un'appassionata di volatili – anzi – però acconsento, curiosa. Mi sembra una cosa che non farei mai: andare a visitare un museo di animali in pieno giugno. Proprio per questo accetto.

Ci portiamo due fette di torta, quella fatta da lei, e le mangiamo lungo il cammino fino ad arrivare al museo, che sorge all'interno dell'oratorio di una chiesa del Cinquecento. Ci sono più di duecento esemplari esposti, dai rapaci notturni agli uccelli acquatici con le piume colorate e i becchi lunghi. È la collezione privata di una marchesa di fine Ottocento. Una malattia l'aveva privata del movimento delle gambe e lei, che era sempre stata un'appassionata della natura, non potendo più fare lunghe passeggiate nel bosco, aveva chiamato un tassidermista per ricreare quel mondo dentro una stanza del suo castello, per sentirsi meno sola mentre leggeva romanzi cavallereschi.

Sono colpita da un picchio rosso, ormai estinto. Ha le ali aperte e il piumaggio color del fuoco si fa ammirare in tutta la sua bellezza. Hannah scatta qualche foto. La vedo provare diverse inquadrature e focali, riguardare le immagini sul display e riprovare in modo quasi ossessivo, senza apparire mai soddisfatta.

Quando usciamo le campane di mezzogiorno risuonano nel paesino e mi brontola lo stomaco. Decidiamo di fermarci in una rosticceria, attirate dalla vecchia insegna. Il bancone espone pochi piatti, ma hanno tutti un aspetto favoloso. La signora Lucia ci spiega che sono tutti cucinati da sua madre, un'arzilla ottantenne. Io mi decido per una lasagna, Hannah per il pollo alle verdure. Andiamo a mangiarli in un parchetto non troppo lontano. Ci siamo solo noi sedute sul prato, agli italiani piace stare a tavola, con le tovaglie e le stoviglie ordinate, occupare la sedia e il tempo, è un rito che non trascurano.

Da quando siamo uscite dal museo, Hannah è sovrappensiero.

«Qualcosa non va?» le domando cauta.

Lei emette un sospiro e si allunga con la schiena sull'erba. Inforca gli occhiali da sole che prima erano sollevati sulla fronte, quasi a volersi schermare. «Ti è mai capitato di sentirti... *nothing*?»

«Cosa vuoi dire?», e mi distendo accanto a lei, su un fianco per poterla guardare. Da dietro le lenti scure intravedo i suoi occhi rivolti al cielo, verso un punto lontano.

«Da un po' di tempo non riesco a fare niente di buono. Continuo a scattare foto che non mi piacciono e con la pittura è ancora peggio. Non ho idee e tutto quello che ho fatto fino a ora mi sembra stupido, senza senso.»

«A me le tue opere piacciono molto, se conta qualcosa.»

Ha assunto un'espressione quasi da bambina, le labbra carnose con gli angoli leggermente piegati all'ingiù. È ancora più bella così imbronciata, ma capisco che non è di facili rassicurazioni che ha bisogno, adesso.

«Comunque, per rispondere alla tua domanda: sì, mi è capitato.»

Ruota la testa verso di me, interessata, e io continuo. Le racconto della mia storia con il violino, di quanto mi piacesse suonarlo e di quanto l'ho odiato quando ho scoperto che era un regalo di mio padre.

«Pensi che tornerai mai a suonare?» mi domanda.

«Non lo so. Per adesso non ci riesco e non voglio nemmeno pensarci.»

«E il violino che ti porti dietro?»

«Non è mio. È di una persona che me l'ha regalato. Ma sabato lo raggiungo a Firenze per restituirglielo.»

Hannah rimane in silenzio, sembra riflettere sulle mie parole. Per un po' ce ne stiamo distese a pancia in su sull'erba, spalla contro spalla, sincronizzando i respiri. I miei capelli sfiorano i suoi e sembrano connettere i nostri pensieri. La pittura per lei, la musica per me sono alfabeti adatti a esprimere ciò che abbiamo dentro. Ma quando quella voce s'interrompe, quando dentro c'è solo silenzio, ci si sente perduti.

Mentre torniamo a casa con il proposito di riposare e con l'abbiocco tipico del dopo pranzo, riconosco, quasi come una visione, il pozzo della foto di mia madre. Prendo il braccio di Hannah bloccandola.

«Aspetta un attimo...»

Apro il mio zaino e tiro fuori l'album. Guardo il pozzo della foto e quello che ho davanti, coincidono, la facciata dietro che prima aveva l'edera ora è spoglia ma è sempre la stessa: le finestre ad arco sono inconfondibili. Spiego ad Hannah che è stata questa foto a portarmi a San Gimignano.

La lascio con l'album in mano e mi avvicino al pozzo con i piedi che quasi non toccano terra, sfioro con la mente il volto di mia madre, con le dita cerco segni della sua presenza, qualche capello bruno, il profumo di colonia, ma il tempo ha cancellato ogni traccia, posso solo chiudere gli occhi e immaginarmela qui. Mi volto verso Hannah, che si trova proprio nella posizione di chi ha scattato la foto e mi domando a chi sorrideva mia madre. A chi ha regalato la felicità di quel momento? Il tempo della sua gioventù? Perché era qui?

«Ferma così» mi dice Hannah all'improvviso.

Ha in mano la sua macchina fotografica, preme il pulsante, scatta.

«Siete uguali» mi dice contenta, mostrandomi l'immagine sul display. E in effetti è vero: non fosse per la foggia dei vestiti e il taglio dei capelli, Marta e Lavinia potrebbero essere la stessa persona. A distanza di trent'anni il suo corpo rivive nel mio e io mi ritrovo a sperare che nella mia carne non sia scritto lo stesso destino.

Una volta rientrate in casa, Hannah si mette a scaricare le foto sul computer per poi decidere quali stampare. Accendo la radio e mi sdraio sul futon, questa volta guardo l'esterno attraverso il vetro delle finestre: fa troppo caldo per lasciarle aperte. Tiro giù le tapparelle e mi appisolo nella penombra pomeridiana. Ripenso a poco fa, alle cose che ci siamo dette Hannah e io e anche ai nostri silenzi. È la prima volta che confesso a qualcuno le vere ragioni della mia rinuncia alla musica e ho sentito che lei poteva capirmi, perché condivide la stessa inquietudine.

Poi penso di nuovo a Claudio, che invece mi ha messo in crisi e, senza fare troppe domande, mi ha gettato tra le braccia un violino. Lo ripasso e lo disegno dentro la mia testa, mi metto a immaginare come sarà sabato, quando lo rivedrò. Chissà se avrà il frac o un completo blu, la cravatta o la camicia alla coreana, le scarpe stringate e il calzino in tinta, i pantaloni stretti sulle gambe… ma cosa me ne frega di come sarà vestito! Non so perché me ne sto qui a perdere tempo a pensare a queste scemenze. Mi importa solo di ridargli il suo – meraviglioso – Vuillaume!

Un rumore di sedia che strascica sul pavimento mi fa alzare il busto.

«Scusami, non volevo svegliarti. Anzi… sei bellissima così.»

Hannah è seduta al tavolo della sala, sul piano ci sono colori, pennelli e una foto.

«Ti prego, sdraiati di nuovo. I tuoi capelli sciolti sono come la spuma del mare nei giorni di tempesta.»

Mi passo una mano tra i capelli, non mi ero mai accorta... nessuno me l'aveva mai detto. Mi adagio di nuovo come un cane mansueto, mi rimetto a cuccia lentamente, un po' in imbarazzo.

Hannah è seduta sulla sedia e mi sta inquadrando con la sua macchina fotografica. Quanto ho dormito? Dalle tapparelle trapassa una luce gialla, il pulviscolo galleggia nell'aria.

Sento solo il "clic" ogni tanto a spezzare questo momento che sembra sospeso, questo pomeriggio che sa di siesta estiva, di pentole da lavare, di mosche che girano intontite nell'aria, di quiete e cuscini.

Mi giro a pancia in giù sul divano, incrocio le braccia sotto il mento, guardo Hannah.

«Posso chiederti di posare per me?»

Un sorriso lento mi schiude le labbra, le sto dicendo di sì. Mi rimetto giù appoggiando una guancia sul dorso della mano, le nocche delle dita che mi premono sulla pelle. Sono sdraiata e mi lascio fotografare, mi lascio guardare, un po' mi crogiolo al pensiero del mio corpo osservato, studiato. Mi sento una fiera in gabbia, potrei iniziare a camminare come una leonessa in questo soggiorno, mettendo in mostra tutta me stessa. Preferisco però che sia Hannah a scoprirmi. Mi volto, i capelli mi coprono il viso; li soffio via e si alzano per poi cadere leggeri come sottili stelle filanti.

Hannah gira intorno a me silenziosa e agile, nascosta dietro la sua macchina, intenta a catturare qualcosa che solo lei vede. Provo a osservarmi attraverso il suo sguardo: vedo due braccia e due gambe esili e abbronzate, poi due caviglie e due gomiti, stretti come canne di bambù, una fronte alta e un collo lungo come quello di un vaso cinese. Vedo le dita dei piedi e delle mani muoversi occupando il tempo e lo spazio di questa stanza.

Hannah mette giù la macchina, la lascia penzolare contro il ventre che la sua maglietta lascia scoperto, proprio all'altezza dell'ombelico. Mi afferra le mani e, senza parlare, mi invita a mettermi in piedi, davanti alla finestra chiusa, proprio dentro il sottile raggio di luce che irradia. Mi toglie i vestiti a scoprire il seno, e c'è qualcosa che mi eccita nel suo modo di fare e nel mio essere qui, nuda davanti a lei.

Sento il respiro di Hannah sulla mia pelle, lei mi guarda come fossi un tesoro che ha appena scoperto, mi sposta i capelli di lato e poi fa scivolare le mani lungo le spalle, i miei capezzoli diventano turgidi contro la stoffa della sua maglietta. Una fitta di desiderio sconosciuto e inaspettato mi riempie la pancia. Ma Hannah fa qualche passo indietro, torna a schermarsi dietro la macchina e a scattare. Sembra più sicura di questa mattina, come se la macchina fosse una spada e il mio corpo un nemico disarmato. Lei, adesso, sa dove affondare per fare centro, ma anche che cosa colpire per rendermi immortale, non farmi morire né invecchiare. Congelare questo istante, questo mio movimento, la schiena contro la parete, le gambe incrociate e i capelli sparsi, come una creatura esotica e rara, mettermi vicino al picchio rosso di San Gimignano, far incidere una targhetta: "Lavinia, esemplare umano del XXI secolo".

Finita la sessione fotografica, Hannah mi ringrazia e mi dà un bacio sulla guancia. Mentre lei si rimette al computer a guardare le immagini che ha appena scattato, io mi rivesto ancora un po' confusa. Posare per lei è stata la cosa più sensuale che ho mai fatto con una donna. La guardo seduta alla sua postazione, che mi dà le spalle. Indugio sulla sua nuca tenera, con i capelli leggermente bagnati di sudore, poi mi sposto sulle spalle tonde e infine sulle mani dalle unghie colorate. Mi ritrovo a desiderare che mi tocchino ancora.

Esco per lasciarla lavorare tranquilla e anche per scrollarmi di dosso questa strana tensione. Quando rientro,

Hannah è di ottimo umore e ha già preparato la cena. Dopo mangiato, mi propone di vedere un film italiano e io scelgo *Non ci resta che piangere.* Lo scelgo perché ho voglia di ridere e di farla ridere, l'ho visto in una rassegna all'università e l'ho adorato, non solo per la sua comicità ma anche per la sua poesia, sono sicura che piacerà anche a lei. Lo guardiamo sul suo computer, sgranocchiamo grissini salati e finiamo una bottiglia di vino rosso proprio mentre finisce il giorno. L'ultima goccia e l'ultimo raggio. Questo niente sembra bastarci e ci addormentiamo, una testa appoggiata all'altra, un corpo contro l'altro, sul divano blu.

Oggi Hannah lavora e io ne approfitto per gironzolare ancora in città. Domani riparto e voglio preparare una bella cena. Ho messo a lavare tutta la mia roba, così rubo dal filo dei panni stesi un suo vestito blu a pois rossi ed esco nel pomeriggio ancora caldo. Il mercato si trova sotto i portici di piazza delle Erbe, le bancarelle sono piccole ma molto fornite; c'è anche un fioraio e un agricoltore che vende solo uova. Compro ravanelli freschi e carote, sedano e finocchi per un buon pinzimonio, poi penso al piatto principale. Non sono una brava cuoca ma spesso mi cimento in ricette complicate, molto al di sopra delle mie capacità, con risultati non sempre commestibili. Questa volta però non azzardo e gioco in casa: riso saltato prezzemolo e aglio – apre i pori e facilita la circolazione del sangue – e tortilla di patate e cipolla – fa bene al cuore. Il mio bisnonno diceva che cipolla e aglio erano i migliori amici dell'uomo e ha vissuto più di cent'anni. Così, se ad Hannah non piaceranno, posso sempre giocarmeli come un elisir di lunga vita. Compro sei uova per fare la mia tortilla e infine un mazzo di fiori di campo colorati. Mi piace camminare tra la gente, ascoltarla parlare. Mi piacciono le persone, vorrei conoscerle tutte, chiedere che cosa mangeranno oggi e in compagnia di chi.

Entro in un bar per un caffè, in realtà è solo una scusa per mescolarmi ancora tra la gente che lo affolla, lo bevo con tutta calma, ferma al bancone con le buste del mercato ai piedi. Mi piace il vestito orientale della signora a fianco, la cravatta del trentenne che parla al cellulare, la fascetta colorata della ragazza che addenta una brioche. Mi sento bene, libera come quest'estate senza programmi. Mi specchio sull'acciaio del bancone, sbatto gli occhi per giocare e dalle mani della signora orientale vola un fazzoletto; per assurdo le chiedo scusa, come se lo avessi fatto volare io con il vento delle mie ciglia.

Rientrando verso casa mi fermo in un'enoteca, scelgo

un Brunello di Montalcino e una Vernaccia di San Gimignano.

Arrivata a casa, mi tolgo subito le scarpe per sentire il pavimento freddo e appoggio le buste della spesa in cucina. Mi metto subito al lavoro, accendo la radio e mi verso un po' di vino bianco, tanto per scaldare i motori. Mentre le patate stanno friggendo, apparecchio il tavolino fuori: tovaglia a quadretti blu e bianca, poi la coloro con i fiori di campo tagliando una bottiglia di plastica a metà e infilandoceli dentro. Aggiungo un rametto di menta a profumare il tutto. Taglio il pane e metto le fette dentro a un cestino che appoggio vicino alla bottiglia di vino. Tutto è pronto quando Hannah apre la porta.

«*Oh dear*, questa è una bellissima sorpresa...»

«Ti piace? Ci sta una bella cenetta. L'ultima cena!»

«Mi sembra una bellissima idea. Faccio una doccia e ci sono! Oggi ho corso tutto il tempo, il bar era pieno di... com'è quella parola che mi hai insegnato?»

«Trogloditi.»

«Togro... Trogo... *Oh, damn it!* Non la imparerò mai!»

Si affaccia per un attimo in cucina slacciandosi la camicetta: «Comunque ti sta benissimo il mio vestito».

Mentre Hannah è in bagno, la aspetto bevendo un altro

bicchiere di vino, vedo la porta socchiusa della sua stanza e mi viene voglia di entrarci. Non ci ho mai messo piede da quando sono qui ma, sarà il pensiero che domani me ne vado, sarà il vino che toglie l'inibizione, adesso mi suscita un'improvvisa curiosità. Mi avvicino lungo la parete e sbircio dalla soglia, ma vedo solo un pezzo di muro, così spingo la porta ed entro.

C'è un letto matrimoniale grande con le lenzuola bianche, qualche fotografia appesa al muro, una sedia piena di vestiti e una scrivania piena di pennelli. Niente comodini, solo una piccola lampada da lettura. Anche se è sera non la accendo, la luce arancione che proviene dal soggiorno si sparge sui muri. Vicino all'armadio c'è uno specchio e, appese a un chiodo, delle collane lunghe. Sono quasi tutte nere. Ne prendo una in mano e mi guardo allo specchio, me la appoggio sul petto ma senza infilarla.

«Provala.»

Mi giro di soprassalto, l'acqua scroscia ancora in bagno, non l'ho sentita arrivare. Hannah ha una spalla appoggiata allo stipite, le caviglie incrociate come un cowboy sulla porta del saloon, però non porta gli stivali né la camicia né il cappello. È nuda, i capelli bagnati e scompigliati. Non dico una parola, rimango con la collana tra le mani, impalata al pavimento, inchiodata alla sua immagine. Hannah si avvicina. Mi infila la collana.

«Ti sta molto bene.»

Abbasso lo sguardo per vedere come mi sta; in realtà cerco di non guardare lei, ma il suo corpo attira i miei occhi come una calamita, le goccioline d'acqua che le scorrono sulla pelle mi mettono una strana sete. Hannah mi solleva il mento con una mano e posa le labbra sulle mie. Non so cosa sta succedendo, so solo che la sua bocca è piccola e dolce e che ne voglio ancora. Mi prende una mano, me la stringe come la sera della piscina, mi guida, la seguo.

Entriamo in bagno, l'acqua scende copiosa dalla doccia, il vapore impregna l'aria e sbiadisce i contorni degli oggetti e anche di noi due, come fossimo in mezzo alla nebbia inglese di dicembre. Mi abbassa le spalline del vestito, mi mette una mano sul suo seno muovendola in cerchio come se stessi modellando una figura di creta. Il vestito scivola morbido per terra, sembra il petalo di una rosa quando cade e non fa rumore. Mi porta dentro la doccia con lei, l'acqua cade sulle nostre teste, bagna i corpi e ci lava dal mondo esterno.

Ora siamo solo noi due. Mi accorgo che è proprio quello che voglio e avvicino il mio naso al suo zigomo per sentire il profumo delle briciole di pane, poi appoggio la mia guancia alla sua mentre l'acqua cade come pioggia sul mio viso. Scivolo fino a trovare le sue labbra, ci attacchiamo come ventose senza respirare per non far entrare neanche una goccia d'acqua, è un bacio lento e carnale. Dentro questo bacio mi sento al riparo e sicura perché so cosa fare, so muovere la bocca e la lingua, ma quando ci stacchiamo e siamo di nuovo una di fronte all'altra mi sento spaesata come il primo giorno di scuola: non so dove andare, non conosco niente e nessuno. Non so come soddisfare questo desiderio nascente.

Guardo il corpo di Hannah ed è come se vedessi il corpo di una donna per la prima volta. Lei mi sorride, forse percepisce la mia incertezza, si versa il bagnoschiuma nelle mani e mi insapona coprendomi di schiuma, poi fa lo stesso con sé. Ora, con quest'armatura indosso, scendo in campo a poco a poco. Appoggio le mani sulle sue spalle e poi le faccio scendere aderenti al corpo percorrendone il perimetro. Il mio gesto porta via il sapone scoprendo la sua pelle bianca. Lei disegna un cerchio intorno al mio ombelico, poi altri due intorno al mio seno e infine due cerchi piccoli e stretti a circoscrivere i capezzoli. Mi irrigidisco perché mi piace, allora Hannah si inchina e portando la bocca sul mio seno ne succhia appena la schiuma rimasta, come fosse l'ultimo cucchiaino di panna. Chiudo gli occhi e sento l'acqua defluire dentro il mio corpo, i capezzoli turgidi, è come se Hannah avesse azionato due pulsanti e ora tutto iniziasse a funzionare.

Ci baciamo ancora, questa volta con più forza, con l'ansia di scoprire qualcosa di nuovo, così le mani dell'una cominciano a frugare il corpo dell'altra e mentre Hannah mi accarezza i capelli io mi intrufolo dentro la sua schiuma e scopro la sua carne, appoggio le mani sui suoi seni, più grandi e pieni dei miei, sono come due pan brioche con la ciliegina sopra, scivolo sui fianchi, tondi e lisci, poi stringo le natiche in una morsa fatale mentre la bacio ancora e ancora. Siamo tutt'uno, seno, natiche, triangolo equilatero. Una lo specchio dell'altra.

Hannah passa un dito sul mio collo poi scende vertebra per vertebra lungo la schiena, fino alla fine, dove si apre il crepaccio delle natiche. Ma le sue mani non hanno paura ed esplorano il varco percorrendone tutta la lunghezza una e un'altra volta. Poi scivoliamo a terra, lei si accovaccia ai miei piedi e mette le mie gambe intorno al suo collo come una collana, affonda le lentiggini nel mio triangolo tirando fuori la lingua umida e passandola sulla mia piccola pozzanghera, mentre l'acqua della doccia ne crea un'altra sulla mia pancia, che fa da conca. Le affondo le mani nei capelli stringendole il cranio con forza e mentre la cena si raffredda i nostri corpi si scaldano e giro la manovella della doccia verso l'acqua fredda. Un getto gelido cade sulla schiena di Hannah facendole inarcare i fianchi e portando in poppa il suo sedere che ora vedo gonfio e trionfante come le vele di una barca pirata. Gemiti di piacere si mescolano allo scroscio dell'acqua, mi stringo i capezzoli che si ergono come bandiere.

Usciamo dalla doccia serpeggiando come due anguille e ci trasciniamo sul letto imprimendo con l'acqua le nostre figure sul materasso, come due timbri a certificare che noi, qui, ci siamo state e ci siamo amate. Sono stesa a pancia in giù e Hannah è sopra di me, siamo come due sfoglie sottili senza nessun millimetro di separazione. Affondo il viso sul cuscino e Hannah sul mio collo, mi porta una mano sul ventre e la lascia lì, senza dirmi cosa fare, poi sento che infila la sua tra la mia schiena e la sua pancia e la fa scivolare giù, molto giù, e poi inizia ad ansimare nel mio orecchio mentre ondeggia leggera su di me sfregando il suo seno contro le mie scapole e abbracciando la mia vita con le sue gambe. Si sta masturbando. La imito, porto un dito, poi due, tre, quattro e cinque, tutta la mano dentro di me, fino quasi a inghiottirla. Ora i nostri piaceri combaciano, il suo diventa il mio, il mio il suo, due sessi, due orgasmi, due apici che si uniscono. Poi i nostri corpi si staccano, lei si adagia sul mio fianco, io rimango a pancia in giù. E così formiamo, io e lei, due lati di donna. Hannah mi bacia la punta della scapola e copre entrambe con un lenzuolo. Mentre mi addormento, spossata e appagata, penso che Hannah è una donna generosa, mi ha accolto in casa, poi dentro il suo corpo.

A metà della notte mi sveglio e la osservo che dorme soffice tra le lenzuola. Così ferma pare un bellissimo animale imbalsamato e penso che potrei metterla in valigia e portarmela in giro come un trofeo di caccia. Ma in realtà è lei che ha conquistato me.

Il giorno dopo, mi risveglio nel suo letto, da sola: Hannah è andata al lavoro. Impacchetto tutte le mie cose con calma, ritiro i miei vestiti stesi al sole e, quando è ora, prima di prendere il pullman, passo al Caffè del Trecento per salutarla. Mentre mi siedo al solito tavolo, sento dietro di me lo sferragliare di un motore che conosco, una marcia che gratta, mi giro e vedo passare la 500 di Silvia: lei è al posto del passeggero e una giovane ragazza è alla guida. È sua figlia, le somiglia. Alzo le mani per salutarla ma lei non mi vede perché è intenta a spiegare il funzionamento del cambio a Carolina e intanto ha il telefono incollato all'orecchio, come al solito non riesce a fare una sola cosa alla volta. Sorrido mentre la 500 sfuma lontana in questo paesaggio di cartapesta, con il braccio di Silvia che penzola dal finestrino.

Hannah mi raggiunge con un Bloody Mary. Non c'è stato nemmeno bisogno di chiederlo.

Lo appoggia sopra il tavolo e poi mi porge un pacchetto con dentro qualcosa.

«*Dear, this is for you.*»

Lo scarto e ci sono due foto: una è quella che mi ha scattato nella piazzetta di mia madre, nella sua stessa identica posizione, l'altra sono io distesa sul divano. Sopra ci ha dipinto un violino, i miei fianchi coincidono con la cassa, il collo con il manico. Ho gli occhi lucidi, li alzo per ringraziarla ma Hannah mi precede: «È stato bello incontrarti. Dopo tanto tempo, tu mi hai ispirata».

Ci salutiamo con un abbraccio che leva il fiato, poi qualcuno la richiama. Mi stampa un bacio sulla guancia e corre via, io riprendo le mie cose, la cerco con lo sguardo per l'ultima volta e la vedo dentro al bar. È appoggiata al bancone in attesa che il barista riempia il suo vassoio, ma ha già la testa altrove, tra le nuvole, come tutti gli artisti.

San Gimignano, esterno giorno. Un paese, due donne, un letto sfatto, due foto da conservare.

11
Il concerto

Sono dolcissime queste colline e la luce intensa che le invade mi ammalia. Osservo ogni sfumatura di giallo e verde fuori dal finestrino, scaccio il sonno dalle palpebre e mi rendo conto di sentirmi bene. Le giornate a San Gimignano mi sono rimaste dentro, come ogni istante che sto vivendo.

Fare l'amore con Hannah è stato come conoscere una nuova parte di me, come fare l'amore con me stessa. Per un attimo ho voluto perdere la direzione, virare e naufragare in un corpo simile al mio, ma diverso da tutti i corpi che ho amato finora. Mi accorgo di averla cercata quasi per studiarla, di essermi buttata in una situazione sconosciuta anche per semplice desiderio di scoperta. Mentre le mie mani scivolavano sulle sue forme, ho sentito un legame profondo tra noi due, come se l'essere entrambe donne portasse il nostro piacere in un'unica direzione, verso la consapevolezza dei corpi, la presa di possesso di ciò che siamo. Ho avvertito una complicità, una liberazione che finora era stata latente, sottopelle.

Oggi mi sento più sicura, ancora più libera.

È quasi un mese che sono partita da Barcellona e questo viaggio che era un fuggire è sempre di più qualcos'altro. In ogni tappa ritrovo una parte di me, una parte che mi ero persa o che avevo accantonato, che non avevo mai indagato, domandato. È come se fossi stata in Italia in un'altra vita e ora fossi tornata a prendere i pezzi di me che avevo lasciato qui, rimettendoli insieme, completando un puzzle che mi permetterà di tornare a casa con un quadro più chiaro di chi sono. Voglio perdermi fino a ritrovarmi; costruirmi solida e corazzata prima di arrivare all'appuntamento col destino. Verrà l'autunno, aprirò quella busta e saprò l'inverno che mi aspetta.

Quelli dei giorni passati non sono stati semplici incontri, amori passeggeri: ognuno di loro mi ha guarito una ferita. Ognuno di loro ha fatto sì che la Lavinia che ero conoscesse se stessa un po' di più facendo nascere attraverso nuove esperienze pensieri inaspettati.

Claudio non è la stessa cosa. Con lui c'è un conto in sospeso e un'irritazione che non ha smesso di crescere. Lui finora è riuscito nel difficilissimo intento di farmi addormentare con un vodka tonic in mano nella sua stanza d'albergo e, come se non bastasse, mi ha appesantito il viaggio, nel senso letterale del termine. Ecco perché ora sono qui, sono curiosa di sapere cosa riuscirà a dirmi quando ci vedremo e gli ridarò il violino. Sarò dura come merita, la spocchia è qualcosa che non ho mai tollerato in un uomo. E se crede di essere un benefattore o, peggio, di comprarmi con un violino non ha capito proprio niente.

Ogni volta che lo penso divento aggressiva, non ne posso fare a meno. Finalmente mi schiodo dai sedili di velluto blu del pullman e metto piede di nuovo a Firenze.

Raccolgo i bagagli e, quando afferro il violino, penso che sarà l'ultimo giorno che mi scarrozzo questo peso in giro. Il concerto del Maestro si terrà all'Opera della Musica, mi connetto al wi-fi della stazione e vedo dalla mappa del cellulare che non è distante, posso arrivarci tranquillamente a piedi. Ho ancora qualche ora davanti e mentre cammino mi guardo in giro in cerca di un posto in cui ripararmi dalla calura di fine giugno. L'afa del primo pomeriggio è la peggiore di tutte.

I bar lungo questa strada asfaltata sono vuoti e hanno la

tv accesa su un canale di video musicali che cerco di evitare, perché poi mi ritroverei lobotomizzata a guardarli; all'esterno i tavolini sono quasi sul bordo della strada e hanno le sedie in plastica; solo il pensiero di sentirla appiccicarsi sotto le cosce mentre inalo qualche tubo di scappamento mi fa resistere al caldo in cerca di qualcos'altro. Però ho bisogno di un attimo di tregua, così poso i bagagli sul marciapiede e mi siedo su un muretto vicino a una vetrina per riprendere fiato e asciugarmi dal sudore. Prima di rimettermi in marcia tiro fuori il cellulare e cerco qualche rete wi-fi disponibile, non si sa mai. Bingo! Becco subito quella del bar qui accanto, miracolosamente libera. Mi ci attacco come una sanguisuga e vedo che Laia mi ha inviato delle foto. È sulla spiaggia di Barcellona, insieme a Xavi. Sono entrambi in costume da bagno, con i capelli arruffati dalla salsedine e la pelle arrostita dal sole. Sorridono felici, sembrano divertirsi molto. Se non sapessi che è fidanzata da anni con un architetto di San Sebastián e che lei e Xavi sono solo amici direi che fanno proprio una bella coppia.

"Ehi! Ci sei ancora?" le scrivo.

"Come vedi, qui ci si ammazza di lavoro" mi risponde quasi subito. "A te come va in Italia?"

"Bene. Sono a Firenze adesso."

"Conosciuto qualcuno?"

"Tante persone speciali."

"Qualcuno di più speciale?"

Aspetto un po' prima di rispondere. Vorrei parlarle di Claudio ma non so bene come sintetizzare tutto in un messaggio whatsapp. In realtà non saprei come spiegarlo nemmeno in un saggio di trecento pagine. Ci provo: "Forse. Non so se speciale, strano! È un musicista che conoscevo già, dall'esame alla Scuola. Ma per ora ci ho rimediato solo un violino. E una grande incazzatura".

"???"

"È lunga da spiegare." Poi, mentre sto per digitare il resto, un'ombra si proietta sul display. Alzo lo sguardo: è il proprietario del bar che mi si è piazzato davanti a braccia conserte. Mi ha visto dalla vetrina e ha capito che sto approfittando della sua rete.

«Ehm, buongiorno» dico sfoderando un sorriso da simpatica canaglia.

«Buongiorno» mi fa lui, le sopracciglia aggrottate.

"Ti devo lasciare, scusa" scrivo in fretta a Laia. Raccolgo la mia roba e, senza nemmeno voltarmi indietro, mi rimetto a camminare.

Poco più avanti scorgo l'entrata ai Giardini di Palazzo

Corsini – così detta la targa. Lascio le valigie in biglietteria, dove un'arcigna signora mi dice che non si potrebbe, che non sta scritto da nessuna parte, che se poi lo fa con una persona lo deve fare con tutte. Io però gliele lascio lo stesso e, varcata la porta d'entrata e l'androne del palazzo, mi ritrovo all'inizio di un lungo viale che dà accesso al parco. Lo percorro e i miei passi sulla ghiaia giallognola fanno un rumore che mi piace ascoltare. Il viale è delimitato da statue con piedistalli di altezza digradante per creare una prospettiva che, in effetti, mi cattura. Il giardino è in stile classico all'italiana – leggo sul dépliant che accompagna il biglietto. Il palazzo fu costruito nel Cinquecento da una ricca famiglia come residenza estiva. Anche io oggi cerco qui un po' di refrigerio, tentenno per un attimo tra una panchina di legno verde sotto un salice e il soffice prato sotto un tiglio. La curiosità però non mi permette di fermarmi e continuo la passeggiata addentrandomi nel verde: incontro famiglie di tartarughe che sostano all'ombra tra i fili d'erba, poi trovo un piccolo labirinto alla fine del parco. La siepe di alloro è tagliata con maniacale perfezione creando forme geometriche serpeggianti; mi ci perdo dentro seguendo un percorso senza sapere dove mi porterà, un po' come il viaggio che sto facendo. Alla fine torno alla panchina sotto il salice e mi appisolo un poco.

Sono in una sala piena di specchi, note di violini scordati risuonano tutto intorno. Io sono molto elegante, indosso un abito verde con uno strascico lunghissimo, ma non trovo il mio, di violino. So che potrei mettere a tacere quelle note stonate, sovrastarle con un pezzo che conosco a memoria, ma qualcuno deve aver nascosto il mio violino e il cuore mi batte fortissimo, sento che sto svenendo...

Quando riapro gli occhi, mi rendo conto che è quasi ora di andare al concerto e il giardino sta sicuramente per chiudere! M'incammino svelta verso l'uscita, già pensando che devo cambiarmi: non posso presentarmi all'Opera in canotta e pantaloncini. Torno alla biglietteria e, sotto lo sguardo inquisitore della signora di prima, prendo le mie cose ed entro nel bagno. Mi lavo al volo approfittando che non c'è nessuno. Tiro fuori dei pantaloni neri lunghi e una maglietta stretta dello stesso colore con lo scollo a v. Mi guardo allo specchio, mi giro e mi rigiro per vedere come mi sta questo abbinamento. Decisamente non sono come nel mio sogno, troppo nero, e poi non mi interessa essere elegante, andasse a quel paese Claudio e il suo concerto! Mi tolgo i pantaloni, poi la maglietta. Entra la signora della biglietteria. Mi guarda stralunata, mi fulmina con gli occhi.

«Non si preoccupi, vado via subito» la anticipo prima che possa proferire parola. «Sono già in ritardo!»

Per fortuna se ne va, lasciandomi ancora qualche minuto. Decido di mettermi i jeans lunghi a vita alta e una maglietta infilata dentro. Oso però un paio di tacchi che non sono certo bassi. Va benissimo così, una via di mezzo, non è mica mio il concerto. Frugo nello zaino in cerca dei trucchi sparsi: metto rimmel e rossetto, mi pettino ed esco di volata verso l'Opera.

L'edificio è nuovo, molto moderno, salgo le scalinate in cemento e penso che essendo così nuovo l'edificio avrà sicuramente una buona acustica, delle belle sedute. Sono eccitata, forse perché è più di un anno che non metto piede a un concerto di musica classica, mi batte già il cuore, anzi sta schizzando fuori all'idea delle luci spente, del sipario che si apre, del concertista che si siede. Sono cosciente che sto scoperchiando qualcosa che avevo sigillato e sepolto, un amore che conosco bene, una passione che, adesso me ne rendo conto, non sono riuscita del tutto ad accantonare. Nella hall c'è un primo piano di Claudio Giarda. Lo guardo ma mi giro subito dall'altra parte, mi fa un certo effetto vederlo riprodotto in scala sovraumana. Quasi un sussulto, un che d'inspiegabile perché in parte lo ammiro, in parte lo detesto.

Mi affretto verso la sala, vorrei essere arrivata in anticipo perché il momento del pre-concerto è uno di quelli che preferisco, quando la gente se ne sta al bar con un bicchiere in mano, tutta elegante nei suoi abiti lunghi, i foulard firmati e profumati delle signore, i capelli degli uomini pieni di gelatina. Nell'aria un'eccitazione sottile, quella che precede la sorpresa, il momento tanto atteso. Ci si scambia qualche opinione sul musicista che si sta per esibire, qualche chiacchiera sull'ultimo concerto, sul programma della nuova stagione e poi si entra in platea, pieni d'attesa.

Ma sono arrivata in ritardo e non c'è quasi nessuno, solo poche persone, i soliti che finiscono il bicchiere all'ultimo, di corsa.

Una maschera ci avvisa, sta per cominciare.

Guardo il mio biglietto: fila R, posto 19. Entro come una scheggia.

Sono seduta in una delle ultime file, non molto vicino ma con una bellissima prospettiva, perché la platea è come un cono e il palco la sua punta; le ultime file sono più alte rispetto alle prime, come fossimo proiettati verso il centro della scena. Prima che le luci si spengano mi guardo intorno e noto che è tutto pieno. Queste persone sono qui per lui.

Parte l'applauso, l'orchestra al completo si alza in segno di rispetto: Claudio è entrato in scena. È una figura di rilievo lì in mezzo, cammina sicuro verso il centro. Indossa uno smoking nero e ha in mano un violino dello stesso colore. Non si gira verso il pubblico, non ringrazia, è come se non ci fosse nessuno, è concentrato, la sua mente adesso ha solo spazio per la musica che deve interpretare, non come me il giorno di quel terribile esame.

Appoggia il violino sulla spalla, il direttore d'orchestra lo guarda, alcuni secondi di sospensione come quando prendi fiato e poi respiri, la musica parte, il suono si espande e sommerge lo spazio intorno. La sinfonia numero I di Mendelssohn. Claudio muove le dita veloci sul manico del violino, il suo braccio impugna l'archetto facendolo scivolare con foga, poi con grazia sospesa tra le corde, quasi accarezzandole, i piedi ben piantati a terra, leggermente inclinato verso il suo strumento, pronto ad accoglierlo, a incorporarlo come un quinto arto. La schiena si protende in avanti nei passaggi più movimentati, i ricci si agitano come fossero note. Ha la barba molto più lunga, se l'è lasciata crescere dall'ultima volta. Cerco di mettere a fuoco il suo viso, le espressioni che cambiano con la melodia, ora sognanti, ora agguerrite, tristi, distese.

Stati d'animo cangianti: la musica ti fa vivere sentimenti variabili in un tempo breve, provare dolore e felicità, disincanto e sorpresa in uno stesso movimento. Il compito del musicista è stare al suo passo, interpretare le note sullo spartito dando tutto se stesso, diventare strumento accantonando il proprio ego e le proprie emozioni. Fermare il cuore, appunto.

Mentre il corpo di Claudio vibra, chiudo gli occhi e mi godo questa musica meravigliosa. La voce del suo violino spicca su tutte le altre, dolce e imperiosa, mi riempie l'anima e il corpo, entra in circolo nelle vene, s'impossessa di me. L'ultima nota, *ton*, e di nuovo quei secondi di sospensione, di nuovo il fiato trattenuto e poi rilasciato, quando parte un applauso fragoroso. Gente in piedi, gente che urla «Bravo, bravo, bravo». Claudio stacca il violino dalla spalla, questa volta osserva il pubblico, fa un inchino, io mi sento morire e lo odio. Lo odio perché vorrei avere il suo carisma e il suo talento, vorrei strapparglieli e portarmeli via; e poi ancora di più vorrei avere lui, tutto intero, tutto per me come quella sera nella stanza d'albergo.

Di nuovo tanti applausi, Claudio ringrazia portandosi le mani al petto, s'inchina di nuovo. Poi fa per andarsene ma si arresta davanti al direttore d'orchestra, si scambiano qualche parola, quindi ritorna in mezzo al palco. Il pubblico applaude e accoglie questo gesto con fervore.

Le luci si spengono di nuovo e, nel silenzio generale, Claudio attacca note che mi suonano subito familiari: è *La Vida Breve*! Il cuore, che prima batteva all'impazzata, improvvisamente si ferma nel petto. Sa che sono qui? Mi vuole dare una dimostrazione di come si fa? Impossibile. Magari suona questo pezzo per ricordarsi di me! Ancora meno credibile. Però forse gli ho dato lo spunto quel giorno all'esame. Vorrei alzarmi e dirlo a tutti i presenti. Invece affondo nella poltrona, nella melodia che conosco così bene e che ora, suonata da Claudio, appare divina.

Quando finisce, una standing ovation fa vibrare il teatro. Io resto seduta, troppo confusa anche solo per mettermi in piedi. Claudio apre le braccia, ringrazia il pubblico e l'orchestra, poi scompare tra i tendaggi rossi.

La gente si sparpaglia verso l'uscita, siamo eleganti sardine che defluiscono a imbuto nella stessa corrente. Io sono in mezzo e non posso fare altro che ascoltare i commenti del pubblico.

«Meraviglioso», «Un portento della natura», «Solo trentasei anni e già in vetta», «Ho ancora la pelle d'oca». Un complimento dietro l'altro, tante frecce che mi si conficcano nel corpo, toccano verità che non vorrei ammettere, perché vorrei invece ascoltare un unico commento: «Che stronzo».

Esco all'aria aperta, non voglio sentire più parlare di Claudio Giarda. Mi siedo a cavalcioni sui pilastri di cemento che circondano l'Opera. Osservo le persone defluire, le loro espressioni compiaciute dopo il concerto.

Con un po' di arroganza penso che sarei potuta arrivarci anch'io ai livelli di Claudio Giarda, se solo fossi riuscita a controllare i sentimenti e le emozioni, a bloccare il pensiero di mio padre, metterlo sotto la sabbia e poi pestare sopra con il piede per essere sicura che rimanesse sotterrato. Forse mi sono arresa troppo facilmente, avrei potuto continuare a studiare dopo l'esame, rialzarmi e provarci ancora, sbatterci la testa fino a rompermela. In fondo so che si vince solo se prima si perde. Ma ho voluto affibbiare al violino le mie sconfitte personali, renderlo l'oggetto malefico, sbarazzarmi di lui per sbarazzarmi di altro, ho dovuto distruggerlo in piccoli pezzi per non distruggere me stessa e adesso è troppo tardi per tornare indietro: quei pezzi non si incollano più.

Ora che la gente esce a fiumi dal concerto sento il fallimento dentro al cuore perché io, su un palcoscenico, non ci finirò mai. Oggi, restituendo a Claudio il suo violino, decreto ufficialmente la fine della mia carriera musicale. Dico addio agli spartiti, al pentagramma, alla chiave di violino e alla chiave di basso, ai calli sulle dita, alle crome e semicrome, a tutto quel mondo di codici che rende i musicisti una specie di setta, una razza di eletti capaci di parlare un linguaggio segreto. Dico addio a Claudio che di questa setta continuerà a far parte, mentre io me ne tiro fuori; alla possibilità che noi due potessimo somigliarci ed essere parte di uno stesso destino, forse un giorno amarci, forse odiarci, magari essere l'uno per l'altra semplicemente qualcuno.

Guardo il pavimento grigio, penso che forse non ci sarà nessun futuro, che il mio corpo non sarà mai incorruttibile come questo cemento che resiste a pioggia, neve, sole e vento, che queste braccia in cui ora mi stringo si sgretoleranno a breve, cadranno e io rimarrò come la Venere di Milo a guardare il sole su una terrazza di Barcellona, finché a poco a poco non cadranno gli altri pezzi.

Mi asciugo gli occhi con le mani, prendo lo zaino e stringo l'album di mia madre, so che lei mi sta seguendo, so che lei non vorrebbe vedermi piangere, mi direbbe di avere speranza, di non pensare al peggio finché il peggio non ce l'ho davanti.

Lo apro, ancora una volta: "Usa le ferite come armi".

Questa frase è così sua! Era così che faceva, ogni dolore lo trasformava in energia.

Mi do un colpo forte sulle cosce e mi alzo, le persone che prima affollavano l'entrata se ne sono andate, è rimasto solo un gruppetto, probabilmente addetti ai lavori. Manca solo Claudio Giarda, mi avvicino all'entrata, lo aspetto come un cane da guardia davanti alla porta in attesa che esca, pronta a dargli il suo violino. Ogni volta che qualcuno mette fuori il piede, il cuore fa un piccolo salto, poi ritorna al suo posto, sono agitata, è finalmente arrivato il momento. Forse ci siamo: intravedo qualcuno che sta salutando il direttore, gli stringe la mano, una pacca sulla spalla, grazie di tutto. Esce dal cono d'ombra ma non è lui, deve essere un membro dell'orchestra. Stanno chiudendo i portoni. Non ci posso credere.

«Aspetti! Un'informazione» dico avvicinandomi al custode. «Dovrei recapitare questo violino a Claudio Giarda, sono venuta apposta.»

«Un attimo solo. Vedo se la posso far passare nei camerini.»

«Non voglio farvi perdere tempo, solo dargli questo» insisto mostrando il violino, ma lui non fa nemmeno il gesto di prenderlo.

«Un attimo solo, prego.» Odio le false gentilezze.

Chiude le porte, le riapre dopo qualche minuto.

«Mi spiace, Claudio Giarda è già andato via.»

«Come?»

«Mi spiace.»

Mi richiude la porta sulla faccia. Odio la vera scortesia.

Adesso sono una piccola figura davanti all'Opera, edificio imponente, una navicella spaziale atterrata a Firenze e io piccolo extraterrestre lasciato a terra, tutti a bordo tranne me.

Batto i piedi per terra, i pugni sulla cassa di questo fottuto violino. Cosa ho fatto per meritarmi questo? Perché? Ripenso al costo del biglietto. Ho pure speso i soldi che mi sarebbero bastati per un'intera settimana per venire qui! E non è servito a nulla. Sto diventando isterica.

Mi rimetto addosso tutto il mio bagaglio e comincio a camminare come una forsennata, imprecando dentro la mia testa. Alla fine, senza sapere come, mi ritrovo in un giardinetto e mi lascio cadere sfinita sulla prima panchina. Ormai è quasi sera. Sono stanca, ho fame, ho caldo, voglio farmi una doccia, mi fa male la schiena, mi fanno male i piedi, i jeans mi stanno troppo stretti. Anzi, me li cambio al volo dietro un albero con un paio di pantaloncini corti. Ma non basta a darmi sollievo. Non mi va bene niente. Neanche questo tipo che mi occhieggia dallo schermo del suo iPhone. Se mi guarda un'altra volta glielo strappo di mano e gli do una testata. Sono sempre tutti attratti da questo violino. È il violino che sta guardando in realtà. Dio! Come lo odio!

Adesso metto un'etichetta sulla custodia con su scritto QUESTO VIOLINO NON È MIO.

E così un'idea mi balena in testa: appunto perché non è mio non sono obbligata a portarmelo dietro, a trascinarmi questo fardello senza motivo. Fino a ora ne ho avuto un rispetto quasi religioso in nome del mio passato, ma adesso basta, non ne posso più. Io lo lascio qui. Il tipo si è appena alzato e non mi vede nessuno, qualcuno lo troverà, lo custodirà come un cucciolo smarrito, crescerà bene.

Come una ladra, riprendo lo zaino e il trolley e mi affretto a uscire dai giardinetti. Mi fermo ad aspettare l'autobus che mi porterà in stazione, non ho voglia di rifare il pezzo a piedi.

«Hai dimenticato questo.» L'uomo della panchina si materializza dietro di me tenendo tra le mani il violino che ho appena abbandonato.

Sgrano gli occhi ferocemente, tanto che lui si allarma, come a dire "Ho fatto qualcosa di male"? E infatti dice: «Ho fatto qualcosa di male?». Si sente in dovere di giustificarsi: «Avevo lasciato il portafoglio sulla panchina, sono tornato indietro e ho visto che tu non c'eri ma c'era il violino. Siccome prima mi sembravi un poco alterata ho pensato che lo avessi dimenticato».

«Alterata? Ti sembro alterata?» mi accorgo di gonfiare il petto come un rugbista con aria di sfida. «E poi non l'ho dimenticato. L'ho fatto apposta!» sentenzio.

«Ma come, vuoi davvero sbarazzarti di un oggetto così bello? Che male ti ha fatto?»

«Se ti piace tanto prenditelo.»

Sono insofferente. Non sopporto più nulla, questo momento, questo posto. Lui invece sorride. Sembra divertito dal mio modo di fare. Lo guardo meglio: avrà circa trentacinque anni, naso un po' pronunciato, pelle abbronzata, occhi verdi con piccole rughette intorno agli angoli, un cappello a tesa stretta da cui esce un ciuffo di capelli castani e una camicia di lino a maniche lunghe che lascia intuire un torace ampio e una pancetta gaudente. L'aria spensierata e solare del tipico italiano. Se non fossi così arrabbiata credo proprio che mi sarebbe simpatico.

«Va bene» mi dice, «se proprio non te ne importa niente lo butto» e si avvicina ai secchi della spazzatura monitorando le mie reazioni. «Ah, peccato» continua fingendo di parlare tra sé, «nella raccolta differenziata non è prevista la sezione “strumenti musicali”. Dovrò protestare con la giunta comunale.»

È sciocco e puerile ma mi fa ridere. Mi ritrovo a combattere contro un sorriso che vuole a tutti i costi impossessarsi delle mie labbra e alla fine ce la fa. Lui mi guarda vittorioso: ha raggiunto il suo scopo.

«Dài, dammi qua, lascia stare» gli dico allungando una mano e assumendo un contegno rassegnato. Il violino torna tra le mie braccia come un cane fedele che ha ritrovato il padrone.

L'uomo fa per andarsene, missione compiuta, poi torna indietro come se si fosse dimenticato qualcosa.

«Lo sai, vero, che oggi c'è sciopero degli autobus?»

«Ma se ci sono venuta da San Gimignano!»

«È il trasporto cittadino che sciopera. Sciopero generale. Sono anni che litigano, sindacati e dirigenza. Quando si tratta di litigare, poi, noi fiorentini siamo tutti contenti, soprattutto se si tratta di litigare con altri fiorentini.»

«Sì, ok» interrompo la digressione semicolta sulla storia cittadina, «ma io adesso come faccio?»

«Dov'è che devi andare?»

«Non lo so.» Ed è solo in questo momento che mi rendo conto di non averne idea.

Annuisce come si farebbe con un pazzo.

«Be', hai tempo per pensarci fino a domani. Poi lo sciopero finisce. Oppure, se ti va, puoi venire con me.»

«Dove?»

«A Vinci. Conosci? Poco fuori Firenze.»

«No, non conosco.»

«E allora questa è la tua occasione.» Mi tende la mano: «Mi chiamo Luca».

«Lavinia.»

Faccio una smorfia, accetto o non accetto? Mi domando se sia prudente affidarmi a questo sconosciuto, anche se sono molto tentata.

«Ah, senti, però se sei una serial killer o una terrorista o una squilibrata devi dirmelo, perché in questo caso mi vedo costretto a ritirare l'invito.»

Ecco, ora ha vinto anche l'ultima resistenza. Non mi resta che accettare.

«Non ci avevo mai pensato, ma potrei essere benissimo tutte e tre le cose.»

Metto in spalla violino e zaino. Luca mi prende il trolley.

«Ma prima di partire ti faccio provare la miglior pizza al trancio di Firenze!»

E inizia a parlare, un sacco, proprio da vero italiano.

12
L'autostop

Luca è molto più grande di me, ma sembra non abbia mai abbandonato lo spirito da fanciullone. Non ce lo vedo, per esempio, a mettere la sveglia e andare al lavoro in orario, a porsi dei problemi pratici, a fare la fila alle Poste per pagare un bollettino; è come se non si fosse mai svegliato dai suoi vent'anni, come se vivesse in un sogno prolungato, senza il peso di nessuna responsabilità. Il suo passo scattante dice molto, quasi batte i piedi in un saltello quando gira gli angoli.

Lo osservo, i suoi occhi verdi vivissimi e le movenze sciolte di chi seduce facilmente. Scherza e ride di continuo, nel tragitto verso la pizzeria ha salutato quasi tutti per nome, gente di ogni età che apprezza il suo sorriso e il suo spirito allegro. Mi ha addirittura presentata ad alcuni di loro: «Lavinia, una vecchia amica». La gente non pareva stupita, credo sia normale vedere Luca accompagnato sempre da qualcuno di nuovo. In effetti, stare in sua compagnia è molto piacevole, mette proprio di buonumore. Mi è anche passata la stizza verso Claudio, ha rimesso in pista la mia positività.

Appoggiati a un muretto con la pizza in mano, mi racconta di quanto sia innamorato della sua città, delle sue strade, le sue piazze, i suoi abitanti.

«Ciao Carlo! Ci sono sabato per la partita eh, formazione completa!» urla a un uomo che passa in bicicletta. Poi torna a concentrarsi su di me.

«Da quanto tempo sei in viaggio?»

«Ormai è un mese. Sto girando un po' per tutta l'Italia.»

«Mi ricordi me qualche anno fa. Viaggiavo parecchio anch'io, sempre all'avventura, con mezzi improvvisati, soprattutto l'America mi piaceva... Adesso è da un po' che non mi allontano da Firenze ma non mi dispiace, in fondo. Qui sto bene, ho i miei amici, le mie abitudini.»

Luca ha trovato quello che io non ho, un sano equilibrio, si è costruito una rete di persone e di attività, e adesso ne ha per tutti i gusti, a ogni ora del giorno. Probabilmente ha girato talmente tanto che pensa sia il momento di godersi la vita nella sua semplicità, senza pretese, inventandosene sempre una nuova per non annoiarsi.

«Quindi abiti qui? Non a Vinci?»

«Sì, abito proprio in quel palazzo lì» indica una finestra aperta su una grande balconata che dà sulla piazza: il palazzo è signorile, il portone è di quelli così grandi che ci si sente nani solo a starci sotto. Deduco che non faccia una brutta vita. «Ma a Vinci ho la casa di campagna, con annesso un vigneto che produce un ottimo vino. Sono io che mando avanti tutto, da un po' di anni. I miei sono anziani ormai.»

«È per questo che viaggi di meno?»

«Sono cresciuto, devo prendermi delle responsabilità, almeno così mi dicono» azzanna l'ultimo boccone di pizza e si pulisce le mani unte sui jeans, «ma io mica ci credo tanto...»

Sorride soddisfatto di sé e si stiracchia un po' annusando intorno.

«Ora mi va proprio un buon bicchiere! Non senti l'aria?»

«Che aria?»

«Ma dài, quest'aria estiva, quest'afa un po' appiccicosa. A me fa venire voglia di sedermi all'aperto con un calice di vino in mano, però di quello buono delle mie vigne.»

Annuso intorno anch'io.

«A me è venuta voglia di Bloody Mary. E anche di un'altra cosa.» Tiro fuori in un attimo l'album di mia madre. Luca mi ispira confidenza e ho bisogno di un'altra frase, un altro appiglio al passato che mi spinga verso il futuro. «Sono frasi scritte o raccolte da mia madre, te ne leggo una a caso.»

«Vai!»

«Ecco: "Ci sono avventure che vanno vissute prima ancora che immaginate. E di solito sono le migliori".» Chissà che vita, quanti pezzi di esistenza che non conosco, e che lei non può più raccontarmi. Questa frase mi fa impazzire. Alzo gli occhi verso Luca, ha un sorriso indecifrabile. Mi dà una brevissima carezza sulla guancia, poi una pacca scherzosa sulla spalla e come due vecchi amici ci avviamo lungo la strada.

«Era buonissima questa pizza» commento per stemperare.

«È merito della pasta» risponde, contento che io abbia gradito e che l'aria tra noi torni più leggera. «La fanno a lievitazione naturale.» Ho come l'impressione che il cibo sia un'altra sua grande passione, insieme al vino.

Mi piace Luca perché finora non mi ha chiesto molto di me, non credo per disinteresse, piuttosto perché preferisce coinvolgermi nel suo mondo e nelle sue cose.

«Sai che c'è?» dice fermandosi di botto e afferrandomi un braccio. Perché lui è di quelle persone che entrano subito in confidenza, senza troppi convenevoli: mi prende la mano come se ci conoscessimo da sempre. «Adesso andiamo da Alfredo.»

«Chi è Alfredo?» dico, mentre abbiamo già ripreso a camminare.

«Il mio migliore amico, devi conoscerlo. E poi gli farà bene un po' di vino, ultimamente è troppo preso dai preparativi del suo matrimonio. Si sposa fra neanche un mese. Con Giulia!» dice alzandosi il cappello e spalancando la bocca in un'espressione teatrale come a dire "Aiuto!". «Intendiamoci: bella ragazza e pure buon partito» ci tiene a precisare, «ma una rompicoglioni di rara specie! Non come la mia, di Giulia...»

Dal garage sbuca una decapottabile rosso fiammante. È una vecchia Alfa Romeo Giulia.

«Era di mio zio» mi spiega, «un matto che tu non hai idea, patito per i motori. Mi ci portava la domenica mattina, quando ero piccolo. Qui a Firenze lo conoscevano tutti.»

Mentre la mette in moto e ascolta il rombo del motore ha negli occhi quella scintilla che hanno i bambini di fronte ai giocattoli. «Senti, senti, ha ancora fiato la vecchia signora.»

A differenza del suo aspetto virile, Luca è rimasto semplice nell'animo, fa diventare tutto un gioco. Mi ricorda un po' il mio amico Xavi, anche lui è così.

Salgo, lui aziona varie levette, controlla il cambio, accende i fari come se accendesse le luci di un albero di Natale. Quanto è contento.

«Forza, bella! Luca ti porta a spasso» spinge sul pedale e partiamo. I bagagli li abbiamo catapultati nei sedili posteriori. Ma solo i miei, lui non si è portato dietro niente. Se non avesse pagato la pizza, dubiterei che abbia perfino il portafoglio. Ma chissà se dentro ha la patente. Viva l'avventura!

«Mi spiace, piccola, ma qui non c'è la radio. Canterò io per te.»

Intona la canzone *Mrs. Robinson* di Simon & Garfunkel. E ha anche una bella voce.

«Sai, anche Dustin Hoffman nel film *Il laureato* guidava un'Alfa Romeo» e continua a parlare con una mano sul volante e il braccio appoggiato al finestrino.

«Ciao Firenze, arrivederci bambina.»

Mi viene da ridere, Luca sembra davvero uscito da un vecchio film. E mi pare che tutti ci guardino, sono elettrizzata come se stessi partendo per un lungo e meraviglioso viaggio, forse è così che si sentiva lui con suo zio, quando era bambino.

Si ferma davanti a una farmacia lungo l'Arno e tira il freno a mano. Da come è illuminata si direbbe ancora aperta.

«Ora dobbiamo convincere Alfredo a venire con noi. Ci stai?» dice in attesa che batta il mio pugno contro il suo, come a sigillare un patto.

Ci avviciniamo alla vetrina e appiccichiamo i nostri musi al vetro. Dentro la farmacia è vuota, un ragazzo è girato di spalle e sistema delle medicine negli scaffali. Una ragazza, sempre in camice bianco, si avvicina a lui, lo sta salutando, gli dà un bacio fugace, poi prende la borsa e se l'appende a un braccio.

«Vieni, vieni. Non facciamoci vedere!» Ci nascondiamo dietro una colonna.

«È Giulia?» chiedo sottovoce e sento montare un'avversione come se, sigillando il patto, non solo condividessi la missione di trascinare Alfredo a Vinci, ma pure l'antipatia che Luca prova per la sua fidanzata.

«Sì, è lei l'arpia!»

Giulia in realtà è molto carina, ha dei bellissimi capelli, grandi riccioli dorati freschi di parrucchiere, e un visino che pare una bambola di porcellana.

«Non farti incantare dall'aspetto angelico» mi ammonisce Luca quasi leggendomi nel pensiero, «è una snob e pure diabolica! Ogni volta che ci dobbiamo vedere io e Alfredo s'inventa una scusa per boicottarci.»

Immagino che Luca sia il tipico scapolo a cui la parola "matrimonio" fa accapponare la pelle. Non ce lo vedo sposato. E in realtà posso comprendere benissimo che una donna non si fidi molto a lasciare il proprio fidanzato in compagnia di un edonista impenitente come Luca. Ma, insomma, ho fatto la mia scelta di campo. Appena Giulia si allontana sculettando sui suoi tacchi, torniamo alla carica.

Come due bambini davanti a un negozio di leccornie, sostiamo davanti alla vetrina della farmacia. Luca mette le mani sul vetro come un mimo, poi inizia a battere il pugno.

Alfredo ha un sussulto di spavento, poi ci mette a fuoco. Vede Luca e tira un sospiro di sollievo e rassegnazione, ma rimane un po' perplesso quando mi vede. Anche lui ha una bella stazza, ma non assomiglia molto al suo amico. Ha i capelli nerissimi, leggermente arruffati, e gli occhi di un azzurro intenso. È più alto, scolpito, ha meno rughe sul viso e un bel paio di baffi scuri con striature rossicce. Apre la porta che aveva chiuso a chiave dopo l'uscita di Giulia.

«Che ci fai qui?» chiede a Luca in tono un po' inquisitorio.

«Che modi scortesi! Che immagine vuoi dare degli italiani alla delegazione dalla Spagna qui presente?» risponde lui indicandomi. «Alfredo, ti presento Lavinia, ragazza errante; Lavinia, ti presento Alfredo, farmacista in libera uscita.»

«Ti ho già detto che non vengo. Sei proprio testardo. E poi sei in ottima compagnia» dice guardandomi.

«In realtà io sarei più contenta se venissi anche tu» intervengo a favore di Luca.

«Ecco, vedi, mai contraddire le signore.» Fa un finto colpo di tosse e aggrotta le sopracciglia. «Volevo dire signorina, mi scusi.» Quindi mi prende la mano come se fossi una damigella.

«Alfredo, le chiediamo di farci l'onore di accompagnarci.»

«Non vorrà lasciarmi tutta sola in balìa di questo *sinverguenza...*» gli faccio eco imitando il suo tono cavalleresco.

Alfredo sospira e lascia cadere le braccia lungo i fianchi, come a dichiararsi arreso. In realtà è divertito da questa specie di agguato.

«Tiro giù la saracinesca e arrivo» dice con l'aria di chi ci sta facendo un grande favore.

Galvanizzati dalla vittoria, Luca e io torniamo in macchina e aspettiamo che Alfredo chiuda la farmacia. Lui al posto di guida, io accanto, ansiosi di partire. Ascolto il rumore lento del fiume che abbiamo di fianco, così in disaccordo con i ritmi della città. L'Arno attraversa Firenze strisciando tra le case come un serpente che dorme mansueto, indifferente ai movimenti attorno. Il rumore dell'acqua mi dà sempre quella sensazione di stallo, di mente in bianco, di pausa e rigenerazione. Chiudo gli occhi e mi assento qualche secondo dalla realtà girando tra i meandri dei miei pensieri: mi imbatto nelle parole "violino", "Claudio", "padre", "futuro", sono come post-it gialli su cui ancora non posso scrivere "fatto". Alfredo apre la portiera facendo volare via i fogliettini gialli, almeno per ora.

«Vedo che abbiamo scelto un mezzo affidabile» dice ironico al suo amico. «Potevamo andare col calesse già che c'eravamo!»

Mi alzo e faccio per passare sul sedile posteriore, vista l'altezza di Alfredo immagino che ci starebbe scomodissimo, ma lui mi blocca.

«Tranquilla, vado io.»

Senza lasciarmi nemmeno il tempo di insistere, si accomoda sul sedile posteriore, un po' di lato, per farci entrare anche le gambe.

«Io però domani devo essere qui per pranzo» dice dando una pacca sulla spalla di Luca.

«Subito a segnare la linea di confine» borbotta lui mettendo in marcia.

«Certo. Se no con te chissà dove andiamo a finire... Piacere, Alfredo» dice poi porgendomi la mano. Una bella stretta con carattere. Anche io non sono da meno.

«Lavinia, ti disturba se fumo?» chiede aprendo un pacchetto di sigarette.

«No per niente... anzi...»

«Ne vuoi una? Prego.»

Gli sfilo una sigaretta volentieri, per stare in compagnia. Mi accovaccio tutta per accendermela ma la fiamma si spegne sempre per via del vento. Alfredo mi tocca la spalla con un dito, mi giro e lui sta già allungandomi la sigaretta accesa. Ecco sì, faccio molto prima così. Me la porto tra le labbra e mentre aspiro il fumo la macchina curva ed esce da Firenze. Prendiamo una strada secondaria. L'auto accelera e i miei capelli pure, sembrano aver preso la rincorsa tutti sparati all'insù, la maglietta schiacciata dal vento mi si appiccica alla pelle e le mie gambe nude si rinfrescano con l'aria di campagna.

«Di dove sei? Di Barcellona?»

«Indovinato!»

«Che splendida città… noi ci abbiamo lasciato il cuore a Barcellona. Ti ricordi, Luca?»

«Il cuore e i soldi!» E si scambiano uno sguardo d'intesa attraverso lo specchietto retrovisore.

«Cosa? Cosa? Raccontate!» Sono più curiosa di una scimmia quando si tratta di ascoltare storie.

«Era almeno otto anni fa, vero Luca?» sembra che l'Alfredo che è in macchina con noi abbia appeso al chiodo l'Alfredo della farmacia, insieme al camice bianco. La sua voce e le sue espressioni sono molto più briose adesso che ci siamo addentrati in campagna, come se la resistenza di prima appartenesse a qualcun altro. Mi giro per ascoltarlo e lo vedo tutto lungo sul sedile con un braccio dietro la testa, che fuma la sua sigaretta, i piedi quasi fuori dalla vettura. La maglietta che si solleva ogni tanto, scoprendo un addome magro.

«Sì, forse anche dieci, Al» dice Luca e, senza che ci sia bisogno di chiedere, prende la sigaretta che l'altro gli sta passando. Mi piace la complicità tra loro due, adesso capisco perché Luca ci tenesse tanto a portarsi dietro il suo amico.

«Insomma, fatto sta che quell'anno abbiamo deciso di

farci un viaggio da Barcellona all'Andalusia in macchina» va avanti Alfredo. «Siamo arrivati a Barcellona, eravamo due giovincelli con tanta voglia di fare ma un po' svagati, fatto sta che la seconda sera, in un locale, abbiamo perso il portafoglio con soldi e carte di credito. Fortunatamente i documenti li avevamo in hotel... a questo almeno ci avevo pensato.»

«Io dico che ce lo hanno rubato, il portafoglio» interviene Luca.

«Ehi! Subito a pensare male» dico storcendo la bocca.

Alfredo si affaccia tra di noi e si avvicina al mio orecchio: «Dice così perché ha la coscienza sporca. In realtà l'ha lasciato al bancone del bar. Non è stata né la prima né l'ultima volta».

«Va be', perso o rubato, ci siamo ritrovati al secondo giorno senza un soldo.» Luca lo invita a sorvolare e andare avanti.

«Abbiamo passato altri due giorni in città, riuscendo a cavarcela senza pagare niente, tra amicizie improvvisate e fughe rocambolesche dai ristoranti. Non volevamo andarcene così presto...»

«La cena al Rey de la Gamba è stata epica» interviene di nuovo Luca. «Alfredo è riuscito a conquistare una tavolata di sessantenni americane non si sa come, anzi si sa come: erano completamente ubriache. Ci hanno invitato a gamberi, *chipirones* e sangria mentre noi raccontavamo storie.»

«Conosco quel posto, ma non ci sono mai stata perché è da turisti.»

«È proprio per questo che ci siamo andati» osserva Luca. «Dove la trovavamo altrimenti una comitiva di americane da intortare!»

«Una si era seriamente innamorata di Luca» ride Alfredo prendendolo in giro. «Eveline, si chiamava, ti ricordi che occhiate dolci ti lanciava?»

«Che stupido sono stato a farmela scappare! Dovevo farmi portare in America, a quest'ora sarei sistemato!» replica battendo una mano sul volante.

«Comunque la nostra vacanza è finita lì, siamo dovuti tornare indietro. In Andalusia non ci siamo più andati» conclude Alfredo.

«Potremmo andarci insieme il prossimo anno! Siviglia è meravigliosa, potremmo andare in un *tablao*» dico presa dalle loro storie e pensando che andare in vacanza con questi due deve essere uno spasso, senza chiedermi, per un momento, se ci saranno altre estati e altre vacanze.

Lo squillare di un cellulare buca la bolla di sapone in cui eravamo, precipitandoci di nuovo nella realtà. Alfredo si alza di scatto ricomponendosi sul sedile, cerca il cellulare nelle tasche dei pantaloni, la suoneria insiste ancora.

«Porca...! Mi sono dimenticato di avvisare Giulia!» dice mentre guarda il nome lampeggiare sullo schermo. Risponde.

«Amore, ciao...»

Luca si avvicina a me e mi sussurra nell'orecchio: «Non c'è niente da fare, quando la femmina chiama, il soldato si mette sull'attenti!».

Alfredo, che ha sentito, dà una botta sul braccio di Luca. Lui alza le mani con aria innocente, come a dire "Ok, ok, messaggio recepito" ma così facendo molla il volante e per un momento la macchina sbanda. Istintivamente lo afferro per tenere la rotta, Luca mi ringrazia e si rimette a guidare come niente fosse.

Intanto, Alfredo, dietro di noi, si sta arrampicando sugli specchi.

«Sono dovuto partire con Luca... eeehm, i ladri sono entrati a Vinci, lo accompagno, sai come è fatto... ma domani ci sono a casa dei tuoi, non preoccuparti, sarò puntuale... va bene, porto la bavarese di Giacomo. Va bene, sì, te lo mando il messaggio... ciao Giulietta, ciao amore» e riattacca. Quindi sprofonda sul sedile, sollevato come se avesse evitato una guerra.

«Me la porti anche a me la bavarese di Giacomo?» dice Luca facendo la bocca a cuoricino.

Alfredo invece di arrabbiarsi sorride, Luca gli risponde, i loro sorrisi si allargano sempre di più e in un attimo dilagano in una risata. Mi piacciono i maschi quando ridono forte, le loro risate sono potenti e fragorose come temporali.

Il viaggio prosegue così, in totale spensieratezza. Alfredo e Luca continuano a palleggiarsi racconti, battute e frecciatine. Hanno un serbatoio infinito di storie, ne hanno vissute parecchie, insieme. Come quando erano ragazzini, Alfredo era innamorato di una compagna di scuola che però aveva un fidanzato geloso e Luca aveva preso le parti dell'amico scatenando una rissa. Ci aveva rimediato un braccio fratturato, ma Alfredo alla fine s'era messo con la tipa.

O come quella volta che erano partiti tutti gasati per andare a vedere il concerto di Lou Reed a Berlino e, una volta arrivati davanti all'ingresso, si erano resi conto di non avere i biglietti. Il solito Luca li aveva dimenticati in

Italia. Tentarono di entrare di straforo ma non ci fu niente da fare. Tornarono all'aeroporto tristi e sconsolati e, mentre mangiavano un panino, si accorsero che accanto a loro c'era proprio il grande Lou che pranzava da solo, tranquillo, come un comune mortale. Passarono l'ora che li separava dall'imbarco a parlare con lui di musica, di viaggi e di cibo.

Chissà se sono aneddoti veri o no. Ma non mi importa, mi sto godendo questa spensieratezza e sto proprio bene. Per un attimo viene a disturbarmi l'immagine di Claudio, avrei voluto incontrarlo dopo il concerto, chiudere i conti una volta per tutte. Mi dà molto fastidio il suo pensiero ricorrente.

Ma è solo un momento di buio. Luca e Alfredo ridono a crepapelle, le loro risate riempiono questa notte italiana nera e silente bucata dai fari della macchina, ogni tanto accompagnata dalle luci di qualche casale in lontananza. Poi, in mezzo alle tenebre, il rumore accartocciato del motore che gratta, un fumo inquietante e bluastro fuoriesce dal cofano, la velocità diminuisce nonostante Luca tenga il pedale schiacciato, e alla fine *pluff*, la macchina si ferma.

«Che è successo?» chiede Alfredo.

Luca prova a girare la chiave, ad accendere la macchina

una e un'altra volta, ma niente. L'Alfa Romeo non sembra volersi schiodare dall'asfalto.

«Ma l'hai fatta controllare ultimamente?» insiste ancora Alfredo. Io non ne capisco niente, ma la situazione non sembra delle migliori.

«Ma no, è sempre andata bene...» si giustifica Luca.

Alfredo è già sceso dall'auto con un balzo. Apre il cofano e ci guarda dentro facendosi luce con la torcia del cellulare. Anche Luca e io usciamo e ci mettiamo a osservare, senza capirci niente però.

«Mi sa che hai bruciato la testata del motore» sentenzia Alfredo.

«È grave?» domando io.

Luca fa una smorfia di dolore. Mi sa che è abbastanza grave. Però non si perde d'animo: «Tranquilli, nessun problema, chiamo l'assistenza».

Prende il cellulare, scorre la rubrica, siamo completamente al buio e la luce del display illumina il suo volto fiducioso. Il tono all'inizio è rilassato, quasi scanzonato mentre racconta dell'accaduto, poi, dopo aver ascoltato la voce all'altro capo, si fa tenue, dice solo «Capisco, capisco» poi solo «Sì, sì», poi annuisce con la testa e chiude la chiamata.

Ci guarda.

«Ragazzi miei, siamo a piedi... però non manca tanto, qualche curva e siamo arrivati.»

Alfredo sgrana gli occhi: «Come a piedi? Mancano almeno sei chilometri! Cosa ti ha detto l'assistenza?».

«Ho la polizza scaduta. Non mi copre...»

«Dio, Luca, sei sempre tu. Non cambi mai!» Alfredo comincia a spazientirsi.

«Dobbiamo trovare il modo di arrivare a casa stasera, poi domattina chiamo Peppino, lui non avrà problemi a riportarci la macchina al casale.»

«Facciamo l'autostop!» salto su io; mi sembra l'unica soluzione possibile.

Luca e Alfredo guardano la strada deserta. Sono quasi le undici, è buio e non passa un'anima. Sospirano. Ma, dopo qualche secondo, ecco comparire due fari all'orizzonte. Siamo salvi! Un'auto si avvicina a grande velocità, ci mettiamo sul bordo della strada e cominciamo e sbracciarci per fare segno di fermarsi, la macchina ci raggiunge... e passa oltre senza nemmeno rallentare.

«Pezzi di merda!» gli grida dietro Alfredo.

C'è un momento di sconforto generale, poi Luca si avvicina, mi posa le mani sulle spalle e mi parla in tono grave:

«Lavinia, se c'è una remota possibilità che qui passi qualcuno, l'unico modo che abbiamo per fermarlo è che ti metti tu a fare l'autostop».

«Bravo! Luca ha ragione» concorda subito Alfredo. «Se passa una donna si sentirà più sicura, se invece passa un uomo... be'... chi non si fermerebbe?»

Non mi faccio pregare. Mi raccolgo i capelli in una coda e mi sistemo il bordo dei pantaloncini in modo da accorciarli un po'.

I due mi guardano con approvazione.

«Stai una favola, bellezza, peccato che ti ho già caricato se no lo farei io» dice Luca.

Ci mettiamo in attesa e per un po' ci crogioliamo nell'inazione, chi seduto su un masso, chi appoggiato all'auto con le mani in tasca, chi a dare calci ai sassi.

A un tratto, sentiamo il rumore di una macchina in lontananza, un rumore forte, si direbbe un camioncino.

«Forza Lavinia. Sei la nostra chance!» Luca e Alfredo si mettono a fare il tifo, nascondendosi dietro la macchina.

Mi metto sul ciglio della strada con il braccio disteso e il pollice su, la gamba piegata bene in vista e mentre il camioncino si avvicina agito il braccio e faccio l'occhiolino a Luca e Alfredo. Li sfido facendomi scendere una spallina della canottiera, il loro modo di giocare mi è entrato in circolo e ho voglia di provocarli e pungolarli. I fari del camioncino puntano contro il mio petto mettendomi in luce, mi sento una diva su un palcoscenico. Faccio segno all'autista di fermarsi e questo inchioda subito. Addirittura scende dal veicolo, è un signore sulla cinquantina, ha un cappello in testa, le mani grosse e callose, una camicia a quadri, la pelle abbronzata di chi lavora la terra.

«Signorina, che succede?» fa tutto baldanzoso.

«Si è fermata la macchina. Avrei bisogno di andare a Vinci.»

«Ci mancherebbe altro. Dove alloggia?»

«A casa mia!» Luca spunta come un fungo e dietro di lui Alfredo. Hanno già i bagagli in mano.

Il contadino ci guarda attonito.

«Ah, però! C'è mica qualcun altro dietro la macchina o sperduto nelle campagne?»

«Solo noi. Ci stiamo?»

Ci guarda divertito: «Lei signorina può stare davanti; a voi due vi carico nel cassone, insieme alle sterpaglie!».

Mi apre la porta e salgo sul furgoncino. Mi volto subito indietro e dal vetro guardo i miei due amici tra le balle di fieno. Accaldati dal viaggio, in mezzo a quest'erba secca, mi sembrano due animali mansueti, vorrei buttarmi insieme a loro e rotolarmi nel fieno.

Invece li saluto con la mano come una principessa, poi lancio un bacio fugace e mi rigiro sistemandomi sul sedile di pelle nera. Mi sento in un film di Fellini.

13
Il casale

Il casale si trova su una strada in salita con i cipressi ai lati, poco dopo il cartello che recita BENVENUTI A VINCI. A fare da tappeto rosso uno stretto viale che va da una cancellata in ferro battuto piena di ghirigori fino all'edificio padronale in pietra grigia.

Il camioncino si ferma qui davanti, prendiamo i bagagli e salutiamo il conducente che se ne va.

Ci incamminiamo verso l'entrata facendo crepitare la ghiaia del cortile, Alfredo porta il violino, Luca il trolley, io solo lo zaino. Per un attimo mi immagino nobildonna di fine Ottocento con un ombrellino bianco che mi ripara dal sole, loro due i miei servitori, il casale la reggia estiva. Un gufo soffia in mezzo ai campi e mi riporta in questa notte d'estate. Luca tira fuori il mazzo di chiavi, lo fa tintinnare, ne sceglie una e la fa cigolare dentro la serratura.

«Prego! Eccoci qua.» Apre il portone di casa, entro e lo sbalzo di temperatura tra il caldo di fuori e il freddo di dentro mi percorre in un attimo la colonna vertebrale. Un piccolo brivido.

«Ora ti porto un maglione. Vieni, intanto ti faccio vedere la stanza.» Accende la luce dell'ingresso e do una rapida occhiata intorno, un ambiente rustico, accogliente e antico. Ancora la stessa impressione, di essere dentro un vecchio film in bianco e nero, io e due baldi cavalieri al mio servizio.

Subito saliamo di sopra dove Luca mi sistema nella prima camera del lungo corridoio che conduce ad altre stanze. Appoggio i bagagli vicino al letto in ferro battuto, apro la finestra che dà sulle vigne, respiro il tepore dell'aria mentre il lamento del gufo entra nella stanza, che sembra disabitata. Il copriletto verde salvia, le lenzuola bianche con le puntine di pizzo. Se non fossi un'ospite, mi metterei subito a dormire, tanto questo letto mi attira.

Scendo di sotto. La luce della cucina è accesa. Il lampadario a scocca scende dal soffitto.

«Tieni!» Luca mi lancia un maglione da uomo verde scuro. Mi arrotolo le maniche troppo lunghe sugli avambracci.

«Fame?»

«Sto svenendo» risponde Alfredo. È seduto sul tavolo in legno della cucina e mangia a grandi morsi una mela presa dal cestino della frutta.

«Non dicevo a te, bestiaccia.»

«Anch'io ho ancora fame» rispondo mentre osservo la cucina: è grande, quadrata, i pensili in arte povera sono stati ridipinti di bianco, sopra il lungo bancone in marmo ci sono olio, aceto, sale, tante spezie. La cucina, al contrario della mia stanza, è un posto vissuto, il focolare della casa.

«Il frigo offre pomodorini e poco altro, ma questi ci sazieranno» dice Luca allungandosi a prendere un pacco di spaghetti nel pensile più alto. «Vado a raccogliere il basilico fuori.»

Prima di uscire, mette una pentola d'acqua a bollire, canticchia ed è felice, ha dimestichezza tra queste pareti, mi piace come si muove qui dentro, mi piace che cucini per noi. Si è tolto il cappello e si è messo un canovaccio sulla spalla, autoproclamandosi re della cucina.

«Ti faccio vedere la casa, intanto» Alfredo mi mostra la sala, un grande divano a fiori, un tavolo tondo da gioco e uno piccolo da tè, una poltrona in un angolo e alcune riviste e libri ammassati un po' ovunque. C'è un camino enorme che si apre nel muro in fondo, il tappeto che sta davanti è bucherellato dagli schizzi di brace. Sulla parete, uno specchio con la cornice di legno riflette le nostre figure stanche, io sembro caduta dentro al maglione, Alfredo ha le mani nelle tasche dei pantaloni, la sigaretta tra le labbra.

«Venite a brindare?» Luca ci richiama dalla cucina. Torniamo in fila indiana come bravi scolaretti ripresi dalla maestra.

Ci ha già versato il vino nei calici, li portiamo in alto, ci guardiamo negli occhi senza sapere bene per cosa o chi brindare. Non ci conosciamo. Non sanno chi sono.

«All'estate!» Luca sembra cogliere nel segno.

Sì, a quest'estate, a questo momento, a oggi più che a ieri, adesso più che a domani. La mia vita mi sembra rarefatta, liquida, esplosa in mille pezzettini, particelle di me in libero movimento, non sono la Lavinia di Barcellona, quella della casa al terzo piano, degli amici in piazzetta, delle vasche a Montjuïc; mi sento errante e instabile, un meteorite lanciato a velocità folle verso una meta ignota. I calici si urtano tra loro e in questo momento una detonazione silenziosa nel mio corpo, la consapevolezza di vivere, fuori dai giochi, un gioco mio che non risponde a logiche né compromessi, una libertà trovata che appartiene a quest'estate e a questo momento, a questi compagni capitati per caso, a queste mura che ci hanno preceduto e vivranno più di noi e che adesso ci circondano.

Questo viaggio è un segno nuovo sul mio corpo e io non mi assomiglio più. Sto mutando come un serpente.

Il vino s'inchioda in pancia, mi brucia un poco perché ho fame, azzanno un pomodorino.

«Ehi!» Luca mi dà un colpetto sulla mano. «È quasi pronto.»

Scola la pasta, la fa saltare in padella con sapienza.

«E ora un filo d'olio del mio uliveto, qualche fogliolina di basilico fresco...» Luca cucina parlando tra sé con espressione concentrata, mi fa pensare a una bambina che gioca con la sua bambola, le mette prima il vestitino, poi le scarpine e intanto le racconta ciò che fa. Aggrotta le sopracciglia mentre cura la presentazione del piatto nei minimi dettagli.

La pasta, nella sua semplicità, ha un sapore sublime. Ne mangiamo un buon piatto a testa, ora la mia pancia fa spazio agli spaghetti, il vino si diluisce, la testa mi gira meno, così bevo ancora, finiamo un paio di bottiglie e si fanno le due senza che ce ne accorgiamo, nello specchio della sala i miei occhi brillano per l'alcol e la stanchezza.

«Un'ultima sigaretta e poi andiamo.»

Quando Alfredo spegne il mozzicone sul posacenere, si

decreta la fine di questa giornata. Saliamo le scale strascicando le gambe e aiutandoci con il corrimano, aggrappandoci con le braccia come se portassimo un grosso carico, in realtà il carico sono i nostri corpi stanchi. Il lungo corridoio con le porte chiuse e ognuno di noi davanti a una di quelle come a un bivio che dividerà le nostre strade. Ci guardiamo e intoniamo «Buonanotte» all'unisono, poi entriamo nelle nostre camere come in un videogame in cui ogni personaggio sceglie un quadro e ci scompariamo dentro. Game over. Domani sarà un altro giorno, domani giocheremo ancora.

La mattina dopo, quando mi sveglio, c'è silenzio. Forse perché è domenica, forse perché siamo in campagna.

Scendo a piedi nudi con i capelli arruffati, un po' assonnata. In cucina non c'è nessuno, la porta d'entrata è aperta: mi affaccio appena e la luce fuori mi acceca, mi porto una mano sulla fronte come fosse la visiera di un berretto e schiudo le palpebre. Adesso posso vedere il bianco della ghiaia, il viola della lavanda e il verde del rosmarino che crescono feroci a delimitare il giardino e segnano il confine con la terra scura, concimata. In lontananza, filari di vigne che si srotolano lungo il pendio della collina, a perdita d'occhio.

Luca e Alfredo stanno facendo colazione su un tavolo all'ombra di un grosso tiglio. Sono uno di fronte all'altro, un po' stravaccati sulle sedie, parlano e gesticolano in aria, le gambe lunghe e nude distese, i piedi da uomo che quasi si toccano. Appena mi vedono si tirano su e si sbracciano nella mia direzione: «Caffè!!!» urla Luca alzando la caffettiera in aria.

Alfredo gli fa il verso: «Biscotti!».

Mi avvicino e giro lo sguardo intorno: siamo circondati da terra e verde, a parte noi, non si vede segno di presenza umana.

«*Buenos días!*»

Luca mi ha già versato del caffè.

«Zucchero? Uno o due?»

«Uno e mezzo e tanto latte» dico sorridendo. «Grazie. Che ore sono?» chiedo, giusto per avere la cognizione del tempo.

«Saranno le undici» dice Luca con tono noncurante.

«Le undici?» scatta in piedi Alfredo. «Io devo andare. Hai chiamato Peppino?»

«Al, stai calmo, ora lo chiamo.» Luca prende il cellulare. «Non sono neanche le dieci e mezzo quindi rilassati, ché siamo in anticipo.»

E si allontana per chiamare.

«Ma qui vicino non c'è nessuno?» chiedo ad Alfredo. «Intendo, il paese dov'è?»

«Dopo la collina, ci si arriva a piedi, saranno due chilometri. Perché? Il caffè non è buono?»

«Sì, sì, per quanto io non ne capisca niente di caffè!»

Luca ci interrompe.

«C'è un piccolo problema... Peppino è a un matrimonio, oggi. Ha detto che la macchina può riportarcela domani.»

«Ma che cazzo!» sbotta Alfredo. «Lo sapevo che alla fine qualche cosa doveva succedere!»

Luca cerca di calmarlo ma il risultato è che lui si innervosisce ancora di più.

«Ma perché ti sto a sentire? Perché?» Alfredo ora gesticola tantissimo, maledice Luca ma soprattutto se stesso per averlo seguito in quest'avventura. Io vorrei avere i super poteri e diventare trasparente per scomparire da questa scena, ma l'unica cosa che posso fare è nascondermi dietro la tazza.

Alfredo si allontana per chiamare Giulia e sta via almeno una mezz'ora. Luca e io intanto finiamo la colazione e sparecchiamo la tavola riportando tutto dentro, poi ci sediamo di nuovo sotto il tiglio ad aspettare. Quando Alfredo torna, la sua espressione è completamente mutata, il viso segnato da mille linee, ognuna tracciata da un sentimento diverso, riconosco soprattutto la tristezza per aver deluso qualcuno che si ama. Non commenta, si accende una sigaretta e ci chiede se facciamo una camminata verso il vigneto. Lo seguiamo. Tutti e tre abbiamo il pigiama, le ciabatte ai piedi e siamo spettinati, la pelle lievemente sudata e appiccicata dagli odori della notte.

Ci addentriamo nei vigneti. I tralci delle piante sono contorti e sbilenchi, proprio come me che sono ancora avviluppata sulle mie ossa, non proprio srotolata ed eretta, mi sento ancora dentro le lenzuola. Le foglie si arrampicano sui fili tesi, penso che potrei appendermici anche io per allungarmi gli arti e stiracchiarmi tutta. La terra è nuda e rossiccia, cosparsa di qualche filo d'erba e fiore di campo che cresce incontrollato. Camminiamo lungo i solchi che sono tutti uguali, lavorati e regolati dalla mano dell'uomo. C'è un silenzio tra noi tre che ci fa credere di essere soli, distanti come siamo uno dall'altro. Io capeggio la spedizione, mi fermo ad accarezzare una foglia che trema al vento, è verde, seghettata ai lati. Luca arriva di fianco a me. Prendo la sua mano e la unisco alla foglia, coincidono perfettamente.

«Ieri abbiamo bevuto il vino delle sue uve. È un Sangiovese» dice Luca. Con grande coinvolgimento mi spiega che ogni vitigno deve essere abbinato a un tipo di terreno e a un certo clima per esprimere al meglio le sue qualità.

«Ne ho bevuto a litri, di vino, ma non ne so quasi niente» ammetto.

«Ti posso dire come lo faccio io» si offre Luca. Sembra contento di entrare in argomento, forse anche per rompere il silenzio che c'è stato finora.

«Prima di tutto facciamo la vendemmia a settembre, a mano, perché questo ti permette di raccogliere ogni grappolo. È come una grande festa, si lavora ma ci si diverte, anche. Poi si pigia l'uva. Un tempo si faceva con i piedi, adesso usiamo i macchinari...»

Alfredo si è seduto, appoggiato a un tronco, e ascolta il racconto di Luca.

«Dopodiché si purifica il raccolto e si mette in grandi tini a fermentare...»

«La fermentazione dura da un giorno a una settimana. Quante volte l'avrò sentita questa storia?» Alfredo è intervenuto in tono un po' canzonatorio, sono contenta di sentire la sua voce. Sembra che il suo umore stia migliorando.

«Al, è l'unica cosa che mi viene bene» si difende Luca, «e poi sulle ragazze fa sempre colpo» si rivolge a me strizzandomi l'occhio.

«Dicevamo: durante la fermentazione avviene una trasformazione magica, lo zucchero del mosto si trasforma in alcol. Poi si travasa il vino purificato nelle botti, dove si aspetta una seconda fermentazione. A questo punto, se la signorina preferisce il bianco...» Luca guarda Alfredo cercando la sua spalla.

«... possiamo imbottigliare» conclude Alfredo.

«Se invece la signorina preferisce un bel rosso...»

«... inizia l'invecchiamento che può durare anche cinque anni, e allora è meglio mettersi seduti comodi ad aspettare.» Alfredo scatta in piedi. «Ma ora non è il momento di aspettare. Inizia a fare caldo.»

Ci avviamo nuovamente verso il casale seguendo Alfredo assorto nei suoi pensieri. Sembra quasi di vedere una nuvoletta sopra la sua testa. Luca e io ci scambiamo uno sguardo, poi lui azzarda un approccio: «Senti Al, mi dispiace per Giulia».

«Parli della tua macchina o della mia fidanzata?» Al è già in vena di scherzare.

Luca ride e con un piccolo balzo lo attacca alle spalle montandogli sopra.

«Ah... vecchia pellaccia! E chi t'ammazza?»

Alfredo se lo scrolla di dosso facilmente e s'impegna a restare serio.

«Sarà... ma questa non ci voleva. Giulia era incazzata nera e mi ha sbattuto il telefono in faccia. Se mi molla sull'altare il giorno del matrimonio è colpa tua.»

«Colpa? Vorrai dire merito!»

«Va bene, allora scordati di fare da testimone.»

«Perfetto! Così gliela dai vinta pure su questo. Tanto si sa che Giulia non mi vuole come testimone, anzi nemmeno come invitato!»

Proseguiamo così, con loro due che battibeccano e io che rido sotto i baffi per le loro schermaglie.

Passiamo il resto della mattinata in casa: fuori fa troppo caldo mentre tra questi muri di pietra c'è un bel fresco. Dopo pranzo schiacciamo un pisolino e verso le quattro ci ritroviamo in salone a pianificare il resto della giornata. Propongo di andare in paese.

«Non è una cattiva idea, ne possiamo approfittare per fare la spesa» mi appoggia Luca.

«Sììì!» L'idea di entrare in un supermercato di un Paese straniero mi elettrizza da morire, vedere che cosa vendono di diverso, leggere il nome delle marche che non conosco, paragonare i prezzi e la distribuzione sugli scaffali. Potrei starci delle ore, peggio che in un museo.

«Certo che sei strana, tu. Tutto questo entusiasmo per la spesa!»

«Faccio una doccia veloce e scendo.»

Mi lavo e in dieci minuti sono già di sotto.

«Pronta!» dico facendo i tre scalini finali con un solo salto.

«Non ti asciughi i capelli?»

«Con questo caldo? Andiamo!» Li prendo per mano e me li trascino dietro. I capelli bagnati mi rinfrescano le scapole nude che spuntano dal top. Ho messo le scarpe di tela così marcio più veloce. La strada è in discesa e in poco tempo arriviamo al paese, un borgo piccolo che si adagia tra due colline a forma di chicco di riso. Le case in pietra, le signore fuori dalla porta sedute sugli sgabelli, stradine piccole, ripide scalette, ristoranti con meravigliosi gerani rossi a adornare l'entrata, un campanile, un castello e una piazzetta.

«Sai chi ci è nato qui? Ti diamo un indizio» Luca e Alfredo si mettono uno dietro l'altro con le braccia e le gambe aperte nell'inconfondibile posizione dell'uomo vitruviano.

«Un certo Leonardo?»

Rido di gusto e guardandoli bene, così sovrapposti, esprimono benissimo il mio pensiero su di loro: sono così uniti e complementari che insieme formano un unico corpo e un unico spirito.

Attraversiamo tutto il centro del paese perché gli alimentari oggi sono chiusi e rimane aperto solo il supermercato che sorge vicino al parcheggione, poco fuori le mura.

Prendiamo un carrello e subito Luca e Alfredo mi sollevano e mi ci mettono dentro. Iniziano a spingerlo correndo lungo le corsie del supermercato.

«Forza Lavinia, noi guidiamo e tu prendi quello che ti ispira dagli scaffali.»

Non faccio in tempo a scegliere niente perché vanno talmente veloci che afferro a caso ciò che capita allungando il braccio. Insalata, salsa di pomodoro, pasta fresca, formaggi, yogurt. Alfredo fa una curva così stretta che quasi ci ribaltiamo. Un commesso tutto impettito nella sua uniforme ci riprende: «Non si corre con i carrelli!».

Mi viene da ridere stupidamente, ma è il momento buono per scendere.

Luca guarda le cose che ho preso e commenta le mie pessime scelte salvando solo un pezzo di pecorino toscano.

«Rimettiamo a posto tutto. Qui ci vuole una bella fiorentina di chianina!»

«Chianina? Che cos'è?»

«È una mucca di queste parti, ha una carne tenerissima, da mangiare al sangue. Conosco un posto speciale dove andare a prenderla.»

«Questi però li compriamo» dice Alfredo agguantando un vasetto di cetrioli sottaceto. «Quando sono triste mi tirano su.»

Storco la bocca in una smorfia di disgusto.

La famosa chianina la compriamo da Nino, il macellaio del paese. La saracinesca del negozio è abbassata, è domenica e sono già passate le sette, ma Luca suona il campanello della porta a fianco senza pensarci troppo su.

Ci apre un signore minuto con le guanciotte rosse che mastica qualcosa, in jeans, canottiera e un tovagliolo a quadretti bianchi e verdi in mano. Nel vedere tre persone rimane sulle sue ma appena riconosce Luca allarga le braccia, manda giù rapidamente il boccone e si apre in un sorriso gioioso.

«Ciaooo, bello mio!»

«Signor Nino, non voglio disturbarla troppo ma se lei avesse tre belle bistecche di chianina… vorrei farla assaggiare a Lavinia, mia ospite.»

«Come no?» risponde Nino e gli strizza l'occhio come se fossi una preda da conquistare e la bistecca l'unica possibilità di riuscita. Altro che mazzo di fiori. Luca mi fa un'alzata di spalle e uno sguardo come a dire "Scusa".

«Passate pure.»

Ci infiliamo nello stretto corridoio d'ingresso e Nino apre la prima porta, che collega casa sua alla macelleria.

«Arrivo, Rosa!» urla alla moglie, seduta al tavolo da pranzo. Lei fa un segno con la mano. Nino si appoggia il tovagliolo alla spalla ed entrati in macelleria va verso il frigo, nel retrobottega. Ne esce con un bel pacchetto per Luca.

«Luca, questo è il meglio» gli sussurra all'orecchio, nemmeno il pacchetto contenesse qualcosa di illegale.

«Grazie Nino, te ne sono davvero grato» fa di rimando Luca adeguandosi al suo tono complottista. «Quanto ti devo?»

Nino gli sbatte il tovagliolo sul petto. «Vai, vai, ora ad altre cose devi pensare. La prossima volta...» Ci accompagna verso la porta e prima di chiudere dice: «Vi offrirei un bicchiere di vino, ma ce lo siamo quasi bevuto tutto Rosa e io, la domenica si mangia e si dorme! E se ci scappa si fa anche altro!». Quindi sbatte la porta lasciandoci fuori, di nuovo al caldo.

«E ora ci aspetta la salita...» dice Alfredo volgendo lo sguardo verso la strada del ritorno.

Arriviamo affaticati e affamati. Luca si mette subito in cucina, tira fuori la griglia e il necessario.

«Ti aiuto?»

«Sì, fai una bella insalata e tu Alfredo scegli una bottiglia di rosso in cantina.»

Taglio carote e finocchi con un coltellaccio cercando di non tranciarmi un dito, li mescolo insieme all'insalata e ci metto qualche fogliolina di menta che cresce in giardino. Preparo il tavolo fuori apparecchiando come si deve, da domenica. Il clima è perfetto, la tovaglia svolazza un po' come la gonna di una donna al vento, il tavolo è illuminato da una vecchia lanterna di vetro, un gradevole silenzio di campagna lo circonda.

Luca e Alfredo arrivano con la carne e il vino, adesso il loro chiacchiericcio si sovrappone al fruscio del grano. Sono due begli uomini italiani vestiti bene nelle loro camicie azzurre fuori dai pantaloni sportivi, le facce franche e i sorrisi dai denti bianchi. Avranno l'età di Claudio più o meno, ma sono così diversi da lui: accoglienti, solari... chissà dov'è Claudio, adesso? Forse starà studiando, sicuramente impegnato anche di domenica, nessuna pausa in campagna, nessun pranzo improvvisato. Claudio è in un'altra dimensione, segue un'altra traiettoria, troppo lontana dalla mia. Ma chi se ne frega, ora qui sto così bene.

«Tutti a tavola!» dice Luca servendo la carne.

Io sono già in postazione: «Pronta per l'esperienza canina!».

«Chianina!» Alfredo mi tira uno scappellotto affettuoso.

«Questa va mangiata calda di griglia.»

Addento un piccolo boccone succulento e le papille gustative mi vanno in tilt.

«Buona!» Mangio con gusto e non smetto di dire "buona". Alfredo riempie i bicchieri appena si svuotano. Il pasto viene consumato velocemente, la carne non va lasciata raffreddare, ma poi rimaniamo a chiacchierare fino a che non finiamo la terza bottiglia di vino. Siamo tutti un po' alticci e vaghi, ci trasfiguriamo come se avessimo carta velina addosso e mi raccontano che la loro gioventù assomigliava a questa giornata e a questa cena, che ora che ci pensano quegli anni erano spensierati ed evanescenti, rarefatti, leggeri.

Alfredo si porta le braccia dietro la testa e guarda il cielo fumando verso le stelle che ora sono coperte da nuvole grigie, aggiungendo un piccolo cumulo nell'aria, cercando qualcosa che non trova. Luca, invece, ha lo sguardo rivolto all'erba, struscia i piedi sui fili in un movimento altalenante, perdendo tempo, giocando anche questa volta con ciò che ha intorno senza pensare al resto. Lui è terreno; seppur bambino e sognatore, è ancorato al qui e adesso, non si pone troppe domande né problemi, lui agisce d'istinto, non pensa al dopo e all'altrove, vive il presente in un continuo improvvisare. Alfredo, al contrario, ha un lavoro quotidiano, una saracinesca da tirare giù, degli orari, una futura moglie, ma la sua testa è in cerca di qualcos'altro, i suoi pensieri viaggiano e hanno sete, non trovano pace né riparo. Intuisco un tumulto interiore, un'inquietudine difficile da contenere.

Io sono seduta in mezzo a questi due uomini, sintesi dei loro mondi: mi trovo qui perché ho seguito l'istinto, come Luca sto vivendo il presente e quello che mi capita, assaporo i minuti di quest'estate, di questa "*vida breve*", cavalco le onde senza previsioni anche se so che il mio tempo non è questo, il mio spazio è altrove, come Alfredo sono alla ricerca di qualcosa che ancora non so, riconosco in questa mia stagione un cuore che scalpita e non ha pace.

«So che non è mattina, però...» Luca alza il volume del suo cellulare. Fa partire *Sunday Morning* dei Velvet Underground. «... È così bella che vale tutta la domenica e anche domani e martedì e tutti gli altri giorni.»

Ce la ascoltiamo in religioso silenzio, gli occhi chiusi, uniti da questa melodia così morbida.

Appena finisce, io e Alfredo biascichiamo qualcosa, la lingua che incespica.

«Va bene, va bene, ho capito. Eccovene un'altra.»

Attacca *Perfect Day*, la voce inconfondibile di Lou Reed. E alla seconda frase, "*Drink sangria in the park*", alzo il calice, gli altri mi imitano, ci beviamo le ultime gocce dei bicchieri. Poi ci alziamo e ci abbracciamo formando un cerchio, ondeggiamo al suono della canzone. È proprio una giornata perfetta. Luca mi prende per sé e balliamo un lento, poi mi butta nelle braccia di Alfredo e danzo con lui, sotto di noi solo l'erba, sopra solo il cielo, nessuno a disturbare questo idillio.

Poi arriva *Sweet Jane.*

«Questa era la playlist del nostro viaggio!» dice Alfredo.

Staccandomi da loro inizio a ballare, prima batto i piedi per terra, poi salgo su una sedia contorcendomi come un serpente.

Si succedono tante canzoni di Lou Reed fino a *This Magic Moment*, una delle canzoni che più mi commuovono. Le braccia alzate, poi una goccia cade sulla mia guancia, un'altra sulla mia coscia nuda, le nostre teste si scuotono ribellandosi alla pioggia estiva, resistendo all'acqua, fronteggiando la natura, il temporale si abbatte su di noi ma ce ne freghiamo, quasi eccitati da quest'improvvisa scarica, e all'unisono, insieme a Lou Reed, urliamo "*Sweeter than wine, softer than a summer's night*" spaccando il cielo, raggiungendo una nuvola. Ci aggancio un uncino e mi ci appendo, sono sospesa, libera.

Una miccia di follia si è accesa dentro di me e l'acqua non riesce a spegnerla, stampo un bacio a francobollo sulle labbra di Luca, poi su quelle di Alfredo, ho gli occhi chiusi, non voglio sapere cosa ne pensano, mi allontano ballando al suono della musica, completamente posseduta dai reef delle chitarre.

Ballo fino a che il corpo regge, mi spolpo, braccia e piedi seguono una direzione tutta loro dettata dalla musica, sprigiono una poesia che non saprei raccontare a parole, perché ora a dettare legge sono i movimenti. Ballo fino all'ultima goccia di pioggia, poi mi sdraio sull'erba bagnata, fresca. Il corpo si raffredda, torna alla sua temperatura naturale, mi rannicchio.

«Hai freddo? Se hai freddo chiudo le finestre» dice Luca scherzando, sempre a prendere in giro qualsiasi cosa, qualsiasi momento.

Non rispondo, sorrido e chiudo gli occhi, voglio ancora rimanere a crogiolarmi in questo stato di trance, non voglio scendere ma restare sospesa sulla nuvola.

Sento i corpi di Luca e Alfredo accasciarsi accanto a me, fanno il rumore di due uomini che si sdraiano, un tonfo quasi secco, di bestie, di corpi grossi, robusti, di ossa larghe e respiri forti.

Regna la quiete del riposo dopo la tempesta.

Poi qualcuno mi accarezza i capelli, apro gli occhi non so dopo quanto tempo, Luca è in primo piano, mi osserva come fossi un fiore appena colto. Alfredo è appoggiato a un gomito, di lato, cerca il mio contatto con i piedi, come se gli arti fossero meno importanti, parti secondarie, una scusante per tradire meno, per dire poi a Giulia: le ho toccato solo i piedi. Luca e Alfredo, ognuno a un estremo del mio corpo, la parte superiore e inferiore di me, testa e piedi, un bacio sulla fronte, un altro sulla caviglia, due baci che mi sigillano e intrappolano in una tempesta nuova, questa volta di corpi.

Correre senza muoversi, accelerare la potenza, scontrarsi e frantumarsi in mille desideri, catturarli uno a uno, dar loro ascolto e risposta. Luca su di me, le sue mani che accarezzano, slacciano bottoni, aprono varchi tra i tessuti, cercano e afferrano, Alfredo spettatore, quasi schivo, attento a ogni singolo movimento evitando il mio sguardo e il mio viso per non cadere nella trappola del cacciatore, concentrato solo sulla mia pelle, sul mio petto nudo, le mie cosce bianche. Luca che mi bacia ogni centimetro senza lasciare spazi. Gli scompiglio i capelli, poi gioco a mettermi a pancia in giù, a nascondermi nell'erba rotolando poco più in là ma lui mi raggiunge lesto, non perde tempo, il suo fiato è quello di un toro, non gioca più e mi prende le spalle mettendomi a gattoni, costringendomi a guardare Alfredo che se ne sta sulle ginocchia, una sigaretta tra le labbra per tenersi occupato, forse per ingannare l'attesa che ora spezzo slacciandogli la cintura, i bottoni dei pantaloni ancora fradici, le mutande umide, il suo sesso duro che mi fa sesso, la mia lingua che gli porta via l'odore della notte che è arrivata senza che ce ne accorgessimo.

Mentre Luca mi prende da dietro, io attacco Alfredo da davanti baciandogli tutto l'addome, attirandolo verso di me per la vita, per coinvolgerlo nel piacere mio e di Luca, per renderlo partecipe e attore di questa notte d'estate. Lui entra nel nostro gioco, senza più incertezze, al di là di ogni reticenza, la sigaretta scivola via dalle labbra per lasciare spazio a un ruggito. Risalgo verso la bocca di Alfredo mettendomi anch'io sulle ginocchia, chiedendo a Luca di seguirmi, di adattarsi al mio corpo che si erige adesso tra loro. Mentre le nostre braccia si incrociano ripenso all'uomo vitruviano di Leonardo e gli disegno due braccia di donna in più e divento l'unione simbolica tra queste due figure di uomini, tra cerchio e quadrato. Lentamente scendiamo in diagonale come le lancette di un orologio, fino a toccare la terra, e ci immergiamo in lei pulsando di piacere. Le stelle si affacciano in cielo a guardare mentre io vengo tra Luca e Alfredo e poi loro, a ruota, osservando il mio corpo giovane e fresco seminano sull'erba la prova della loro passione.

Noi ci spegniamo e le lucciole si accendono.

A metà notte o non so quando ci svegliamo e ci trasciniamo sonnambuli fino alla mia stanza.

Oggi, a differenza di ieri, dormiamo in tre nello stesso letto lasciando gli altri vuoti, colmando queste lenzuola bianche di odori, tremori e cuori.

Mentre mi allontano dal casale, lo guardo farsi piccolo dallo specchietto retrovisore. Ora mi appare grosso come una scatola, ci butto dentro le esperienze di questi giorni, tutte preziose a loro modo: il cibo e il vino italiani, le terre toscane, il borgo a chicco di riso, la musica e il sesso a tre. Esperienze incatenate dal filo rosso dell'improvvisazione, un avvenimento dietro l'altro che ora sigillo dentro questa scatola e mi porto dietro ma, a differenza del violino che se ne sta ai miei piedi, non è ingombrante.

Sono stati giorni di divertimento e spensieratezza, una vacanza dentro la vacanza, con Luca e Alfredo non ho pensato a nient'altro che a godermi il momento. Siamo in viaggio verso casa, stavolta sono io che guido. Luca ha insistito perché provassi la sua Giulia e io ho accettato, curiosa come sempre. Peppino ha fatto un ottimo lavoro e soprattutto è stato di parola: stamattina, verso le undici, era già pronta, lucida e scattante come appena uscita dalla fabbrica.

Guardo Luca accanto a me, al posto del passeggero, Alfredo sul sedile posteriore, e so per certo che siamo esistiti qui ma che non potremmo esistere in nessun'altra parte del mondo. Il nostro tempo e spazio era circoscritto a questo breve incontro. Più mi allontano dal casale e più ne sono sicura. Abbiamo giocato ed è stato piacevole ma se raccontassi loro di mia madre, della sua malattia che potrebbe essere la mia, della vera ragione di questo mio errare, spazzerei via in un attimo l'aura magica che ci ha uniti finora. Come spiegare questo viaggio dell'anima, a ritroso nel tempo e contemporaneamente proteso in avanti? Non che io abbia mentito, semplicemente ho mostrato un primo strato di leggerezza che non ho voluto bucare. Non ho trovato le parole, non mi sembrava mai il momento di tirare fuori l'altra Lavinia, di confessare che sto seguendo le orme di chi mi ha preceduta per illudermi, in realtà, di scrivere un'altra storia, con un altro finale.

Basta quello che ci siamo detti, la selezione che abbiamo fatto delle nostre vite, piccole superfici raccontabili che nascondono quello che giace in fondo a ogni cuore.

Stamattina ci siamo svegliati nello stesso letto e siamo scesi a fare colazione ancora un po' storditi. Nessuno di noi aveva un copione da seguire, battute preconfezionate da propinare. Per un momento ho avuto il timore di dover spiegare, di dovermi quasi giustificare, invece è successo tutto in modo naturale, ci siamo messi a preparare la colazione, efficienti e coordinati come una squadra, e alla fine ci siamo seduti sotto al tiglio, proprio come il giorno prima. La macchinetta del caffè al centro del tavolo era un sacro Graal, il feticcio di un culto segreto di cui eravamo i soli adepti. Ma non c'è stato bisogno di formule esoteriche, sono bastati gli sguardi, le parole banali, quelle che indicano cose tangibili – sedia, tazzina, zucchero – i sorrisi e perfino i silenzi a dire che andava tutto bene, per ognuno.

Dopo colazione, Alfredo ha acceso di nuovo il cellulare. Doveva spiegare a Giulia che forse lui non è pronto per il matrimonio e anche questo l'ha detto con semplicità, come una verità che è sempre stata lì e che finalmente ha trovato il coraggio di dichiarare. Luca e io lo abbiamo guardato allontanarsi di qualche decina di passi, comporre il numero e poi cominciare a parlare, parlare...

Luca è diventato improvvisamente serio: anche se non ha mai parteggiato per quella coppia, e anche se Alfredo ha fatto in modo da presentare la cosa con scioltezza, sa bene a quanta amarezza va incontro l'amico.

«Forse lei non era la ragazza adatta a lui» ho azzardato. Non saprò mai se la notte scorsa ha avuto un peso particolare nella decisione, se ha sbilanciato una debolezza latente portandola allo scoperto. «Ne incontrerà altre, forse quella giusta.»

Luca mi ha guardata con tenerezza e mi ha chiesto se credo che ci sia una metà ideale per ogni persona. Lui pensa che le relazioni siano mutevoli, che non esista un amore eterno semplicemente perché i momenti non lo sono, perché oggi non sarà uguale a domani. Come può quindi un sentimento resistere all'urto del tempo, a venti e maree? Non è forse più onesto pensare che di amori ce ne possano essere tanti, ognuno diverso da quello precedente e da quello dopo perché unico come gli attimi che compongono una vita, come i grafici d'economia dove le frecce scendono e salgono in base ai periodi?

Non ho risposto ma penso invece che i sentimenti e l'economia non c'entrino niente e che, anzi, l'amore sia fatto per resistere, per scompigliare i grafici e le previsioni.

Quando Alfredo è tornato, aveva un'aria ferita, grave, eppure ho avuto l'impressione che dentro di sé fosse sollevato. Si è seduto di nuovo al suo posto e si è acceso una sigaretta. Siamo rimasti così, in silenzio, fino a quando Peppino non ha chiamato per dire che la macchina era pronta.

«Ora dove andrai di bello? Nord o Sud?» Luca me lo chiede mentre stiamo quasi arrivando a Firenze.

«Ancora non lo so. Deciderò all'ultimo momento.»

Nei pressi della stazione, accosto l'auto e scendo. Mi aiutano a recuperare il mio bagaglio, poi restiamo per un attimo sospesi, non sappiamo celebrare degnamente questo addio. Alfredo se ne andrà da Giulia a sbrogliare una matassa di sentimenti, abitudini e promesse infrante che richiederà un duro lavoro a entrambi. Luca invece tornerà a Vinci, dove passerà il resto dell'estate a prendersi cura delle vigne, in attesa che arrivi settembre e cominci la vendemmia.

Un abbraccio ciascuno, poi uno collettivo, ecco come si

fa. Non c'è altro modo per salutarsi se non questo contatto dei corpi, fugace replica di quello che è stato.

«Lasciatemi un ricordo, un oggetto qualsiasi che mi faccia pensare a voi!» dico, incapace di andarmene.

Ormai ho una vera collezione di souvenir, uno per ogni incontro che ho fatto.

Si guardano un po' spiazzati, li ho presi alla sprovvista, ma Luca si fa venire un'idea. Sfila le chiavi dalla macchina, sgancia il portachiavi e me lo consegna. È un piccolo tondino rosso con il simbolo dell'Alfa Romeo.

«È quello originale» mi dice. «Esiste da quando è nata la Giulia, sono contento di regalartelo.»

Lo stringo forte in una mano. «Grazie.»

Luca e Alfredo risalgono in macchina e ripartono mandandomi baci dalle mani, io li saluto ferma sul marciapiede con i bagagli davanti a me, come una nobildonna dell'Ottocento che ha deciso di emanciparsi.

Quando la Giulia scompare dalla mia vista emetto un grande sospiro. L'album è nello zaino, faccio per aprire la zip ma qualcosa mi trattiene. Mi guardo intorno e Firenze mi strizza l'occhio: sono qui, mi dice, con i miei palazzi nobiliari che accolsero vite leggendarie, le mie opere d'arte meravigliose, le mie strade brulicanti di persone, l'Arno che passa sotto i miei ponti facendomi il solletico. Dove altro vorresti andare? Prendo lo zaino e me lo metto in spalla. Afferro il trolley e il violino e cammino in direzione opposta rispetto alla stazione. Cercherò un ostello e passerò qui qualche altro giorno. Va bene, Firenze, mi hai convinta.

14
La chiave

Sorseggio l'ultimo cappuccino in città. In quattro giorni ne avrò bevuti almeno otto, questo è il nono. All'inizio pensavo mi sarebbero bastate quarantotto ore per farmi un'idea di Firenze, ma più scoprivo più c'era da scoprire, un infinito gioco di scatole cinesi. E non solo per i musei, i palazzi, le chiese, le mete classiche del turismo mondiale: mi sono persa lungo stradine strette che non portano a niente, dentro piccole corti immerse nel silenzio, in enoteche seminascoste che offrivano ottimo vino, davanti alle vetrine di artigianato, nella campagna circostante, profumata di mille odori diversi.

La schiuma del latte si ferma sulle labbra ma la mia testa, adesso, pensa alla schiuma del mare della Sardegna che si infrange sugli scogli. È lì che sto andando. Prenderò un treno fino a Livorno, poi un traghetto verso Porto Torres, a nord della Sardegna, poi un altro fino all'isoletta di San Pietro, nella parte sud occidentale.

Sono alla ricerca di un piccolo paese chiamato Carloforte. Un nome che non mi fa dormire. Un tragitto che mi fa venire il capogiro.

"L'amore lo cerchi sempre nei luoghi sbagliati. Torna là, dove è nata l'ossessione."

Ancora le parole di mia madre, le ho lette due sere fa, quando ho cominciato a sentire di nuovo il richiamo del viaggio. Ho aperto l'album, seduta sul letto dell'ostello, dopo una lunga giornata in giro e una lunghissima doccia, sbocconcellando un panino. Quella frase in mezzo a un foglio bianco. Quindi ho girato pagina e c'era scritto soltanto "Carloforte" con una freccia. A differenza delle altre volte, però, questo nome non era la didascalia di una cartolina o di una foto, ma campeggiava solitario sulla pagina, a grandi lettere. La carta sembrava rovinata ma, passandoci sopra la mano, ho notato che in realtà erano due pagine incollate insieme che formavano una tasca.

Sono riuscita a scollarle e a infilarci due dita dentro, in cerca di una cartolina o una foto.

Non c'era niente di tutto questo. Le mie dita hanno

raggiunto un oggetto duro, metallico, zigrinato, abbastanza sottile. L'ho tirato fuori: una chiave. Me la sono rigirata tra le mani davanti agli occhi per osservarla, ho contato i dentini, quattro, ho letto la scritta del marchio ma non mi ha detto niente, l'ho messa sotto la luce della lampada, aveva un colore grigio tendente al bronzo, qualche macchia di usura del tempo. Ho ripreso l'album in mano in cerca di una spiegazione, almeno di un indizio: forse la freccia indicava di girare pagina? Così ho fatto e ho trovato lo schizzo di una casa, disegnato molto bene, con la mano inconfondibile di mia madre, i contorni delineati, le finestre proporzionate, i muri in pietra e la porta d'entrata.

Ho avvicinato la chiave al disegno con l'intenzione di aprirlo per vedere cosa c'era dentro… ma la carta non ha preso vita, è restata solo carta, e io sono rimasta fuori da quelle mura.

Il viaggio è lungo, lo so, ma l'attrazione è troppo forte per lasciare che tutto questo resti solo un disegno. Io voglio sapere se esiste ancora quella casa e se la chiave ne apre ancora la porta.

Che cosa rappresentava per mia madre? Perché l'ha custodita? "Le cose ti parleranno di me…" La sua frase mi rimbomba in testa. Che cosa mi deve dire? Qual è l'ossessione di cui ha scritto sull'album?

Mi asciugo la bocca, pago ed esco. Mi affretto ad arrivare in stazione. C'è tanta gente in partenza per le vacanze estive, coppie, gruppi organizzati, famiglie con bambini, tutti in fuga da questo caldo cittadino verso il mare. Guardo il tabellone delle partenze: il prossimo treno per Livorno è fra circa due ore. Meno male, così ho tempo per fare il biglietto. Mi metto in fila, avanza a passo lento, conto le persone davanti a me, guardo la coda dietro che aumenta, mi sento fortunata perché sono già a metà. La gente fluisce e defluisce nell'atrio, abbraccia altra gente in arrivo e saluta quella in partenza, compra giornali e riviste all'edicola, la sala d'attesa è piena. Sbadiglio guardando un punto lontano e riconosco tra la folla un viso. Non posso crederci. Mi tremano le ginocchia per la sorpresa.

Cammina lento, porta giacca e pantaloni, un completo color nocciola, la camicia bianca, il primo bottone slacciato sul collo largo che risalendo verso il viso comincia a essere punteggiato da una barba nera, fitta fitta. Si ferma a buttare una cartaccia nel cestino e ora che lo vedo bene sono sicura che sia lui. Claudio è sul binario 6.

Il treno è già arrivato ma lui non sale e si sgranchisce le

gambe. Forse aspetta qualcuno? Non è possibile, perché ha le valigie con sé e non sembra proprio cercare nessuno. La fila per il biglietto è ancora tanta, se la mollo devo poi rimettermi in coda ma mancano ancora due ore prima della partenza. Mi dileguo, per la felicità del signore dietro di me. Raccolgo il bagaglio e mi carico il violino in spalla. Ora sembra più leggero, forse perché sto per ridarlo a Claudio, al suo legittimo proprietario. Punto lo sguardo dove lo avevo lasciato ma non c'è più. Setaccio tutto il binario velocemente, avanti e indietro, schivo turisti e passeggeri incantati, controllori e macchinette automatiche, poi lo vedo sul treno, camminare in direzione contraria alla mia nel corridoio del secondo vagone. Senza pensarci, mi lancio verso le porte e mi catapulto sugli scalini trascinandomi dietro le mie zavorre.

Percorro tutta la carrozza: è di prima classe, divisa in salottini chiusi, rintracciare Claudio è ancora più difficile. Ne apro uno e mi ritrovo davanti una famiglia chiassosa, chiedo scusa e richiudo subito. Al secondo tentativo, però, lo trovo. Claudio sta sistemando le valigie, si gira per vedere chi è entrato. Si aspettava forse un controllore perché appena mi vede rimane impalato. Io anche.

Entrambi abbiamo un violino in mano, ma il mio non mi appartiene. Tendo le braccia.

«Sono contenta di averti trovato, finalmente posso ridarti questo.»

La sorpresa sul suo viso dura un attimo, poi recupera lo stesso aplomb di sempre. E la sua risposta arriva con tutta calma: «Sono contento anch'io di rivederti, ma non c'era bisogno che ti affannassi a trovarmi, il violino è un regalo e i regali non si danno indietro».

«Grazie, ma questo è davvero un regalo indesiderato. Come ti ho detto, ho chiuso con la musica.» Sono seria, mi viene in mente la sera a Ravello, quando gli ho detto le stesse parole che forse lui non ha recepito. Anche stavolta Claudio non sembra impressionato, si toglie la giacca, la appende al gancio, è tutto normale per lui, è tutto regolare. Bocciarmi a un esame, flirtare in una stanza d'albergo, lasciarmi in balia di un violino e, ora, trovarsi qui con me, nel vagone di un treno in partenza.

Continua a parlarmi mentre tira fuori il cellulare dalla tasca, lo appoggia sul tavolino, controlla con la mano se l'aria condizionata funziona.

«Il Vuillaume è stato il mio primo violino, con lui ho affrontato tanti concerti, ma prima ancora esami, alcuni andati male... Non devi arrenderti, Lavinia.»

Pronuncia il mio nome e mi sento ferita, perché lo pronuncia dall'alto, lo pronuncia senza darci peso come se fossi un'allieva un po' riottosa, una che vede tutti i giorni, una che non conta, una come tante altre. Lo pronuncia standosene seduto davanti a me come un monarca assoluto, guardandomi con quegli occhi che sembrano vedere tutto. Sento le viscere contorcersi di rabbia.

«Cosa ne sai tu? Parli da sopra un palco senza renderti conto di che cosa succede sotto. Non è per l'esame andato male, non mi sono arresa. Ho deciso di lasciare la musica perché ci sono questioni che non voglio affrontare, punto e basta.»

Vedo il suo sguardo indurirsi.

«Questo per me è arrendersi. Stai buttando via il tuo talento.»

Non rispondo, non saprei cosa dire, mi sembra assurdo stare qui a giustificarmi e mi sembra ancora più assurdo che lui cerchi d'intromettersi nelle mie scelte.

Allora riprende a parlare e mi racconta una storia che non c'entra niente, come se fossi venuta qui a conversare.

«Conosci la tradizione dei violinisti di passarsi il violino di generazione in generazione? Quella sera a Ravello, quando ci siamo rincontrati, l'ho preso un po' come un segno del destino, ho sentito che era arrivato il momento per me di fare il passaggio di testimone.»

Che cazzo dice. Non ha capito niente, è come se non avessi parlato. Voglio strappargli la camicia, appiccicargli la cingomma che ho in bocca sui capelli. Prima di parlare faccio un respiro e mi rimangio a cucchiaiate le parole che vorrei dirgli.

Mi trattengo e in tutta calma ripeto: «Non sono la persona giusta. Tieniti questo violino. Grazie e arrivederci».

Lo appoggio per terra e sono su di giri, sento il corpo che bolle di rabbia e un gran mal di testa che sale. Non so se è per questo che vedo la stazione muoversi. Poi realizzo: la stazione è ferma, siamo noi che ci stiamo muovendo! Il treno che parte, che lascia Firenze, i rumori ovattati. Esco dal salottino, inizio a spingere i pulsanti e a dare pugni sulla porta del vagone ma non si apre. Urlo di fermare il treno, chiamo il controllore, dico che devo assolutamente scendere, io devo andare a Carloforte, voglio scendere, adesso. Sono rossa paonazza. Il controllore mi dice che non è possibile. Strillo anch'io che non è possibile. Urlo.

«Voglio scendere!»

Claudio s'interpone tra me e il controllore, si mette in mezzo di nuovo a fare il saccente, è arrivato il Maestro: «Non si può fermare. È un treno ad alta velocità, Lavinia».

Lo odio. Io lo odio. Poi chiede all'uomo di farmi un biglietto e me lo porge.

Ho gli occhi sbarrati dall'incredulità. Il treno è partito. Ho il corpo sottosopra, sento che sto impazzendo. Sono in trappola, catturata contro la mia volontà.

Il treno esce dalla stazione. Sono stanca, arresa: non c'è più niente da fare. Mi siedo, in silenzio. Davanti a me, Claudio. Anche lui ora è in silenzio.

Tengo gli occhi bassi, sulla moquette nera, perché non ho voglia di incrociare i suoi. Ma percepisco il suo sguardo su di me. Mi sta studiando. Piego ancora di più la testa e appoggio una mano sulla fronte per schermarmi dal suo sguardo che brucia più del sole.

«Tu resti con me fino a Milano.»

In questo vagone chiuso, isolato, ovattato come una tana, siamo uno di fronte all'altra, due ginocchia che si sfiorano, il mio è nudo, il suo è coperto dai pantaloni, un fruscio lieve di carne e tessuto, un contatto minimo. Poi la detonazione interiore.

Una fiamma nasce nel mio ventre, in basso, nella zona dell'ombelico e sale rossa e arancione, alta e ustionante in tutto il corpo. Il ginocchio di Claudio ha appiccato il fuoco, sto ardendo. Dovranno inventare una nuova unità di misura per descrivere il calore sprigionato da questa mia carne che brucia e non si appaga.

Non posso resistere a questa intensità, ho paura di guardarlo negli occhi perché so che non saprò reggere, non potrò mentire. Claudio mi prende allo stomaco, tocca un punto lontano in me, che fa male e fa bene.

Lui se ne accorge e mi afferra la mano che ho sulla fronte, me la scolla, lo guardo, mi guarda, mi passa le dita sul palmo, poi su ogni dito come se li stesse contando, sento i calli prodotti dalle corde del violino. Ogni tocco è una nota in crescendo. E io mi lascio andare, poco a poco.

Fa scorrere la mano sul mio braccio teso, il mio braccio immobile, paralizzato, fino ad arrivare alla spalla e poi al collo che cinge delicatamente col palmo grande e caldo, il suo palmo che brucia. Brucia così tanto che mi fondo, spargendomi sulla poltrona di velluto. Sprofondo liquefatta. Mentre sono sicura che sto per morire su questo treno ad alta velocità inghiottita dai velluti, una voce mi riporta in vita: «Lavinia…». È la voce di Claudio. Questa volta il mio nome è sussurrato, quasi inceppato tra le labbra, come se dovesse uscire da tempo, come se fossi importante.

E allora cancello il treno, Milano, il violino, l'esame, cancello il mio nome, il suo nome e rimangono i nostri corpi. Solo il corpo di un uomo e di una ragazza, solo noi e basta, vicini come quella sera in una stanza d'hotel, come se il tempo e lo spazio non fossero mai cambiati.

Le nostre labbra si cercano e finalmente si trovano, le sue sono polpose e sanno di menta, un bacio così intenso che forse nasce una rosa. Poi succede tutto quello che non mi sono mai immaginata, tutto quello che non avrei previsto e che non avrei potuto calcolare. Succede, appunto, l'amore.

E forse soltanto l'amore mi può curare, può riportarmi al centro del passato che brucia.

Perché l'amore da spiegare è difficile, ma da fare è molto facile quando lo trovi. È naturale, è istintivo, è la corrente di un fiume verso il mare. Una conoscenza atavica, primordiale, il vaso di Pandora che si apre e da cui escono fiori e farfalle.

L'amore è una musica che non si attiene a regole o etichette, l'amore è il primo strato di noi stessi, gli animali che siamo, la nascita, la vita, il buio, tutto ciò che si fa quando nessuno ci vede, quando ci denudiamo e appendiamo gli abiti, chiudiamo la porta di casa, spegniamo la luce.

Apro gli occhi e sono chi non sono mai stata, quello che non ho mai raccontato a nessuno.

Claudio scoperchia il mio corpo, ne toglie la custodia, divento un prezioso Vuillaume.

Io gli sbottono la camicia, lo spoglio dalle sue medaglie e dai suoi meriti, lo faccio diventare mortale, umano, lo tocco con foga per capire se è vero, se quest'uomo esiste al di fuori dei tendaggi rossi.

Mi bacia il collo girandoci attorno, disegnando una collana di perle. Io gli lecco il petto che sa di carne e mi fa venire un tremito perché è una carne buona. Ha un sapore strano, vissuto e feroce, di guerriero in battaglia, io sono il suo antidoto e lo farò rinascere.

Affondo il naso nella sua clavicola che è profonda, mentre lui viene verso di me e mi spinge contro il sedile, appoggia il suo monolite grande e duro sulla mia pancia, lo sento attraverso la stoffa che si muove, che cerca altro. Apro i pantaloni e lo libero, lo prendo in mano e lo accarezzo, la pelle è liscia ma sento le vene un po' prominenti che pulsano sotto. Mi lecca i lobi delle orecchie, mi ci appende due baci come due orecchini. Infila le mani sotto la mia gonna, fruga, mi sfila le mutande, passa un dito sul mio sesso, solo un dito nella riga che divide le due labbra con precisione, a questo contatto vibro e mi apro del tutto, il piacere si diffonde nel mio ventre come in una cassa di risonanza. S'inginocchia davanti a me come davanti a un'icona sacra, infila la testa sotto la gonna e mi bacia con devozione, poi la sua lingua, le sue labbra diventano sacrileghe, mi profanano e mi fanno godere. E ancora lui che ritorna uomo, in piedi, che chiede carità; io che gli do tutto, il mio corpo, la mia casa, il mio conto in banca, ogni spicciolo perché non voglio tenermi niente per me, voglio fare bancarotta. Il suo sesso reclama la mia bocca e io gliela concedo succhiandoglielo fino in fondo, quasi strozzandomi, la mia lingua batte veloce come il mio cuore, un metronomo impazzito.

Claudio geme, mi allontana da sé e mi solleva come se non avessi peso, mi prende in braccio, gli cingo la vita con le gambe come fossero chele di un granchio, il mio sesso umido sui suoi addominali duri, mi sculaccia come una ragazzina impertinente, io mi slaccio il reggiseno e lo schiaffeggio con le tette, gliele metto davanti al muso, lui me le lecca. Poi mi spinge contro il finestrino, sempre tenendomi le gambe ben salde, chiuse attorno a lui, aperte per lui, e affonda il suo sesso nel mio, un colpo potente e preciso, ci incastriamo del tutto e gemiamo di piacere, la mia schiena sbatte e risbatte contro il vetro freddo.

Il treno sfreccia e noi con lui, attraversiamo dimensioni, galassie.

Muovendoci in sincrono, come due strumenti bene accordati, ci sediamo sul sedile di velluto blu, io su di lui, il dorso contro il suo petto, le sue mani che mi tengono stretta, il mio collo che si intreccia al suo cadendo all'indietro, la mia schiena che si inarca, il mio culo che ondeggia seguendo un mantra.

Continuiamo a suonare lo stesso ritmo senza accorgerci che il treno si ferma e riparte, sfreccia di nuovo fino ad arrivare in città e in quel preciso momento raggiungiamo insieme l'orgasmo, urliamo la stessa nota di piacere premendo bocca contro bocca per soffocarla, perché nessuno la senta.

Mi lascio cadere su di lui e resto così, abbandonata, la mia schiena contro il suo torace, il suo corpo a contenere il mio. Mi cinge la vita da dietro, sollevo una mano e gli afferro una ciocca di capelli dietro la nuca, la stringo forte. Ecco, ti tengo finalmente, uomo inafferrabile, sfuggente come il lampo, che ho rincorso per mezza Italia, che ho temuto, vagheggiato, odiato, che mi ha sballottata a destra e sinistra, pensiero costante mentre tutti gli altri venivano e andavano. Solo adesso che ti ho avuto capisco quanto ti desideravo.

Inclina la testa per lasciarmi giocare con la sua chioma e mi annusa l'incavo del collo.

«Quindi è questo l'odore che hai.» E mi stringe ancora più forte.

Il suo respiro mi fa il solletico. Mi ritrovo a desiderare che questo treno non arrivi mai a destinazione, che davvero non faccia più fermate, solo perché lui possa continuare a tenermi sulle ginocchia e a respirare contro la mia pelle.

Guardo fuori dal finestrino.

«Dove siamo?»

«Io nel posto in cui vorrei essere.»

Rido in silenzio, lui se ne accorge e mi fa girare per guardarmi in faccia. Lo faccio anch'io: i suoi lineamenti, adesso, mi sembrano più dolci, rilassati, gli occhi due specchi neri che riflettono la mia immagine. Mi accarezza le guance.

«Sei arrossata, ti ho graffiata con la barba.»

Ho paura che tu mi abbia lasciato un segno ben più profondo.

Ci baciamo di nuovo, stavolta dolcemente, con cura, senza fretta, solo perché ci piace farlo.

Milano, e noi cominciamo a rivestirci in fretta senza separare le labbra, incastrandoci ancora.

Il treno rallenta e noi dobbiamo smettere in tronco di amarci. Ci allacciamo i bottoni richiudendoci ognuno nel proprio corpo.

Quando anche gli ultimi centimetri di pelle scompaiono sotto i vestiti, mi sembra che Claudio sia improvvisamente lontano. Mi manca già il suo odore, la sua nudità. Vorrei non dover scendere da questo vagone, vorrei che lui, adesso, non tirasse giù il bagaglio, i violini, che non me li passasse, che non aprisse le porte dello scompartimento. Non voglio andare avanti, voglio rimanere ancora un po' qui, su questo momento, come in uno *still frame*. Vorrei che anche lui desiderasse lo stesso. Invece lo vedo procedere sicuro, risistemarsi il colletto, mettersi in fila dietro le persone che nel corridoio aspettano di scendere. Cosa c'è fuori di qua? Dove stiamo andando? Ci daremo la mano e ci diremo un cordiale addio, come due estranei che per puro caso hanno viaggiato sullo stesso treno? Oppure ci daremo la mano e proseguiremo insieme?

Tante domande, troppe, che sgorgano dalla mia testa. Guardo Claudio per cercare una risposta ma il suo volto è di nuovo impenetrabile, sembra che nessuno dei miei dubbi lo sfiori. Sembra già proiettato altrove, pronto per un altro viaggio in cui io non posso seguirlo.

Le porte si aprono, entra una folata d'aria calda e già non esistono più quei due corpi nudi, non siamo più quell'unico animale formato dalle nostre gambe, le nostre braccia, le nostre bocche fuse insieme.

Scendiamo dal treno: lui diventa Claudio, io torno Lavinia.

Solo per te, un'anticipazione di Summer 2, da luglio in libreria.

LEGGI IL PRIMO CAPITOLO...

I
Previsioni meteorologiche

Diventare Claudio e tornare Lavinia significa parlare del tempo che fa.

Su questo binario numero 15 cerchiamo di salutarci. Non ci riusciamo.

Dopo un viaggio in treno diverso da tutti gli altri, da amanti, da complici, ci diciamo che fa molto caldo qui a Milano, forse più che a Firenze dove eravamo fino a un paio d'ore fa. Ma parliamo così per riempire un vuoto, ora che i baci e le carezze sembrano lontanissimi.

Siamo come due sconosciuti dentro un ascensore, ci guardiamo a malapena, evitiamo qualsiasi contatto fisico, è fuori luogo parlare d'altro che non sia il tempo.

Quello che è successo sul treno non è mai successo. Vuole dirmi questo?

I nostri corpi sono tornati distanti e per la prima volta in questo mio lungo giro per l'Italia mi sento insicura. Improvvisamente mi ritrovo inadatta a lui, incapace di reggere la parte anche solo fino all'uscita di questa stazione, di questa prigione.

Ho la sensazione che lui sappia troppe cose non solo sul mondo, ma anche su di me. Questo mi dà molto fastidio. Al contrario io non so niente di lui se non quello che sanno tutti: generalità, professione, meriti. Musicista di fama, seduttore. Mi sento piccola. Lo vedo grande. Gli anni e le esperienze che ci separano sono racchiusi nei suoi movimenti lenti e sicuri, nel suo atteggiamento impassibile, nel suo trolley di marca.

Sembra già un'eternità che siamo scesi su questa banchina, io faccio finta di controllare i bagagli, li tocco con le mani come se contassi dei bambini in gita, lui temporeggia allacciandosi la giacca, tirando su il manico della valigia. Ha il suo violino in spalla, io ancora il suo dono, il Vuillaume.

Gli altri passeggeri sono sciamati via, passandoci ai lati come un fiume intorno a una roccia e siamo rimasti soli. Forse adesso mi dirà qualcosa. Sono vulnerabile, sotto attacco, ho paura di sbagliare. Rimango zitta.

«Andiamo?» dice alzando un sopracciglio per indicare la direzione dell'uscita.

Non è quello che mi aspettavo.

«Sì.»

Lo seguo e mentre cammina penso che mi piacciono le sue gambe a parentesi, vorrei racchiudermici dentro, appendermici come una scimmia.

Penso a qualcosa di intelligente da dire, che lo colpisca. Ma non mi viene in mente niente, farei prima a tirare fuori un coltellino e a puntarglielo sul petto, non fino in fondo, solo un po', per lasciargli un segno.

Ho mille pensieri che mi frullano in testa e neanche una parola da dire. Mi succede sempre quando sono agitata, la mente corre e la lingua non riesce a starle dietro, le frasi fanno tre volte il giro e nel momento in cui dovrebbero uscire dalla bocca sbagliano strada e si perdono.

Il cervello centrifuga e mischia tutto come in un lavaggio sbagliato. Penso al sesso in treno, che assomigliava all'amore, alla chiave trovata nell'album di mia madre, a Carloforte dove sento di dover andare, un altro treno e poi un traghetto… mi sento ingarbugliata, dislocata, e tutto per colpa di un violino e del suo padrone. Non dovrei essere qui. Questa doveva essere la mia estate spensierata, tre mesi per perdermi in ogni secondo, dimenticare chi sono, cancellare dalla mente quella lettera minacciosa che mi aspetta a Barcellona con il suo verdetto...

Eppure mentre seguo i passi di Claudio, mi rendo conto che in qualche modo non vorrei essere da nessun'altra parte. Resto ancorata a lui e al suo violino. Da quando l'ho incontrato la prima volta mi sono raccontata che volevo ritrovarlo solo per ridargli il suo strumento, ma ora che mi cammina davanti, che questo binario sta finendo e stiamo per salutarci, ora che ho ottenuto quello che volevo, in realtà non mi sta bene. E mi infastidisce questo sentimento che avverto sempre più forte, quest'onda che sale, perché io non voglio che lui mi piaccia. No. E poi porta la giacca, la camicia stirata, non fa per me.

Si ferma e mi posa una mano sulla spalla come ha fatto prima sul treno. È un istante infinito in cui ci guardiamo negli occhi, senza sapere bene cosa dirci. Lui mi sfiora la guancia, apre la bocca quasi a dire qualcosa, poi esita, cambia idea, guarda l'orologio.

Io comincio a tremare, perché anche se è ancora qui con me, anche se percepisco ancora il suo odore, sento che è già lontano. Forse basterebbe un mio gesto per trattenerlo, forse basterebbe dirgli: "Ti conosco appena, ma se non hai niente da fare vorrei passare con te i prossimi dieci anni almeno", forse basterebbe che mi alzassi sulle punte e appoggiassi piano piano le labbra sulle sue, un bacio leggero, con i nasi che si sfiorano appena.

Ma non faccio nulla di tutto questo.

«Senti, c'è un taxi che mi aspetta qua fuori...»

Se ne sta andando, è chiaro. Non lo lascio nemmeno finire: «Io devo prendere un altro treno» e indico genericamente la direzione della biglietteria. Voglio fargli sapere che anch'io ho un posto dove andare.

Lo vedo ritrarsi, distoglie gli occhi.

Gli porgo il violino.

È nervoso, sposta il peso su una gamba, poi sull'altra. «Sei proprio sicura?» mi domanda.

Lo guardo di traverso.

«Va bene, ho recepito il messaggio» dice prendendo la custodia e mettendosela a tracolla. «Magari un giorno ci ripenserai. Sei giovane, hai ancora tempo.»

Sono giovane, sì; di tempo invece non sono sicura di averne. Posso contare solo su quello passato perché lo tengo al sicuro alle mie spalle, posso misurarlo sul calendario, rivedere i giorni, le notti, i Natali e i Capodanni.

Il tempo che verrà non lo possiedo: ha preso le sembianze di un mostro informe che si nutre dei miei giorni. A Barcellona mi aspetta il verdetto sul mio futuro, tra ospedali e visite. Mi limito a sfuggirlo, lo depisto con la lontananza, mettendomi al sicuro da quest'altra parte del mare, sperando che l'inquietudine non sappia nuotare.

«Dov'è che stai andando?» mi domanda Claudio.

«A Carloforte.»

«Da qui ti conviene andare a Genova, è la via più veloce. Posso comprarti il biglietto?»

«No, grazie, me ne hai già comprato uno sbagliato. A questo ci penso io.»

«Mi spiace averti fatto fare questa deviazione...» Poi ci ripensa: «Anzi, a dire la verità non mi dispiace per niente».

Deviazione. È questo che è successo tra noi? Mi mordo le labbra per non dire niente.

«Ti lascio il mio numero nel caso avessi bisogno.»

Sta aspettando che io tiri fuori il cellulare, ma non lo faccio. Forse se la prende, abbassa gli occhi, lo vedo stringere i pugni. Poi torna a guardarmi: «Allora, buon viaggio».

«Ciao.» E mi incammino verso la biglietteria sforzandomi di pensare a Genova, Carloforte, la chiave, a tutto il resto, ma Claudio rimane il punto fisso, ci resto attaccata come a una gomma americana. E come una gomma americana mi ha masticata e sputata.

Raggiungo lo sportello e mi metto in coda. Mi siedo sullo zaino per affrontare un'attesa che si preannuncia lunghissima.

Dopo pochi minuti sento bussarmi su una spalla, sarà il signore dietro di me che rompe. Mi giro con una faccia scocciata. Ma le parole mi muoiono in bocca e gli occhi quasi mi cadono dalle orbite.

Davanti a me c'è Claudio.

«Ho controllato le previsioni, ho visto che a Genova piove, qui a Milano invece sono previsti giorni di sole. Stai con me, resta.»

Di colpo parlare del tempo che fa è diventata una cosa bellissima.

Mollo la coda, afferro la mano di Claudio.

... continua!

Ringraziamenti

Un grazie al team Rizzoli: è stato bellissimo corteggiarvi e farmi corteggiare.

A Silvia Cinelli per aver amato Lavinia tanto quanto me.

Alla vecchia guardia: Francesca Leoneschi e Iacopo Bruno per aver creduto fin dal primo momento in Uifi.

A Daniele e Riccardo, i miei primi due lettori.

A Clara, perché lo sarà.

A mia madre, questa è la famosa coppa d'oro che da sempre volevo regalarti.

A mio padre, per l'immensa fiducia.

Indice

Questo volume è stato stampato presso ELCOGRAF S.p.A.
nel mese di giugno 2016
Stabilimento – Cles (TN)

Stampato in Italia